意林
公元787年，唐封疆大吏马总集诸子精华，编著成《意林》一书6卷，流传至今
意林：始于公元787年，距今1200余年

小淑女 MiniMiss 出品

纯正+阳光+向上
为中国女生量身打造优质课外读物

闪耀吧,哥哥

薏苡薇 著

北方妇女儿童出版社
·长春·

小淑女 MiniMiss 出品

版权所有 侵权必究

图书在版编目（CIP）数据

闪耀吧，哥哥 / 薏苡薇著. -- 长春：北方妇女儿童出版社，2020.4

（淑女文学馆. 至上温情系列）

ISBN 978-7-5585-4273-2

Ⅰ.①闪… Ⅱ.①薏… Ⅲ.①长篇小说－中国－当代 Ⅳ.①I247.5

中国版本图书馆CIP数据核字(2020)第052071号

闪耀吧，哥哥
SHANYAO BA,GEGE

出版人	刘 刚
出版统筹	师晓晖
策 划	阿 朱
执行策划	侯京玮
责任编辑	吴 强 王 婷 吴宛泽
图书统筹	彭 彭
特约编辑	侯京玮
绘 图	叮咛叮咛
书籍装帧	马骁尧
美术编辑	王 宁
作家经纪部	卢晓凤
开 本	880mm×1230mm 1/32
字 数	300千字
印 张	6
版 次	2020年4月第1版
印 次	2020年4月第1次印刷
印 刷	嘉业印刷（天津）有限公司

出 版	北方妇女儿童出版社
发 行	北方妇女儿童出版社
地 址	长春市龙腾国际出版大厦
电 话	总编办：0431-81629600 发行科：0431-81629633

定 价	26.80元

如发现印装质量问题，请与印务部联系退换，电话：010-51908584

有梦想的人永远无往不胜。

Contents
目 录

- *001* >>> 楔子

- *005* >>> 第一章
  我的哥哥很不好惹

- *029* >>> 第二章
  听说你在打听我

- *055* >>> 第三章
  出卖哥哥的梦

Contents 目录

第四章 <<< 079
长风拂过，温暖定格

第五章 <<< 105
梦想发光时

第六章 <<< 129
今晚过后，就是春天

第七章 <<< 157
靠近成长的答案

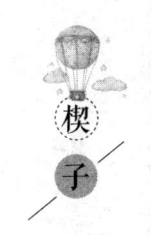

楔 子

陆今悦被外面的嘈杂声吵得睡不着。

来合江市半个月了,她一直处于严重失眠状态,今天是周末,她躺在床上好不容易酝酿出了一点困意,但卧室外面的吵闹声此起彼伏,安静了一会儿让人放松下来,刚要入睡,又毫无预兆地再次响起,吓得人不由得一哆嗦。

陆今悦终于忍无可忍地坐起来,爬下床,刚推开门,就被一只气球打气筒迎面击中。她痛呼一声,捂着额头瞪向客厅里的人。

三个男生同时抬头瞥她一眼,然后继续低头做手里的事情,丝毫没有对刚才误伤了她的行为感到抱歉。

这些奇葩少年就是她的哥哥们。

考上了全省最好的高中后,陆今悦从老家弥林镇来到了合江市。因为爸爸的三个兄弟都住在市区,家长们经过开会商议,就她的饮食起居综合考虑后,决定让她高中三年轮流在大伯、二伯、四叔家里寄住。

从此,陆今悦开始了与三个哥哥之间难以描述的灾难生活。

客厅地板上散乱着五颜六色的气球,正没好气地踢开脚边一只粉红色气球的黑衣服男生,是她的大堂哥陆辞,二伯的儿子,有着十分英气的眉眼,练了十年跆拳道,身手利落,外表看起来痞痞的,脾气暴躁,一副不好惹的样子。

靠坐在飘窗上,正抱着手机打游戏,不时在语音里吼几句队友的男生,是二堂哥陆雨蒙,四叔的儿子,阳光帅气的大男孩,游戏达人,说话总是很刻薄,能把人噎死。

而端坐在沙发上，对着电视，漫不经心地收看《动物世界》的人，是三堂哥陆观澜，大伯的儿子，学霸级人物，简直像是从漫画里走出来的美少年，皮肤巨白，嘴角时常带着淡淡的笑意，却都是表象，他本性傲娇腹黑，并不好接近。

至于陆今悦，她爸爸在陆家兄弟里排行第三。高一这年，她住在二伯家里，至于为什么会先住在他家，听说这个顺序是由三个哥哥抓阄决定的。

二伯、二伯母平日工作繁忙，加班出差是常事。而陆辞整天跟一群朋友吃喝玩乐，不见人影，家里大部分时间只有陆今悦一个人。不知道今天是刮的什么风，这几个人竟然同时出现在了二伯家的客厅里。

"你们到底在这里干什么啊？"陆今悦瞪着一地狼藉，崩溃了。

"奉长辈之命，给你准备欢迎派对啊，看不出来！"陆辞睨她一眼，语气很不耐烦。

"对了，这个是我精心挑选，特意送给你的礼物。"沉迷游戏的陆雨蒙，百忙之中抽空从身后的飘窗上扯出一个礼品袋，丝毫不温柔地将它扔了过来。

陆今悦眼疾手快，及时接住那个袋子，打开翻了翻，顿时傻眼，整整一套习题书，语数英理化生政史地，九个科目全都有。

搁在茶几上的手机响起了闹铃，陆观澜拿起摁掉，关掉电视站起身来，冷冷地说道："今天的派对就到这里吧，到我去图书馆自习的时间了，我走了。"

"我也要走了，去武馆有事。"陆辞紧跟他的步伐，消失在

门外，两个人连一个告别的眼神都没留给陆今悦。

陆雨蒙刚好结束一局游戏，抬头一看，挠挠头："都走了？我也回家了。"经过陆今悦面前，他忽然对着她的头顶比画了一下，语气惊奇："你怎么这么矮啊，一米六有没有？根本不像我们家族的人嘛！"

陆今悦不服气地瞪他，不都是一米多的身高吗？凭什么看不起她？

人都走了，客厅里转瞬就安静了下来，她放下那一袋资料书，带着困意，认命地收拾起客厅。

气球全部堆到角落，抱枕规整到沙发上，把茶几上乱七八糟的零食袋子丢至垃圾桶……忽然，她的动作顿住了。

茶几中央的纸盒揭开，里面是一个八寸大的蛋糕，蛋糕旁边立着几张卡片，最上面那张，寥寥几个字，写得极娟秀好看，应该是陆观澜的笔迹：**今悦妹妹，虽然你没那么讨人喜欢，但还是欢迎你来到合江市。**

第二张是陆辞写的，潦草得让她费了好大劲才认出来：**哥给你准备的礼物在……自己找。**

陆今悦找了一圈，才在电视机后面发现一个钱包。

第三张卡片是给她送了习题书的陆雨蒙写的：**笨鸟先飞，所以，你要多做习题，还有，蛋糕少吃点，会胖。**

陆今悦看着那些卡片，忍不住笑了，刚刚满腹的怨气顿时消散，她还以为，他们是抱着敷衍的态度准备了这个派对，没想到惊喜都在这里。

"他们不会是因为不好意思当面把礼物和卡片给我，所以提

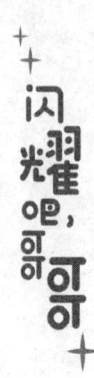

前走了吧？"她抬头摸了摸额头上已经红肿起来的包，嘀咕道。

有哥哥，是一件烦恼又幸福的事情啊！当天晚上，陆今悦在日记本里写下了这句话，往后的三年，这个日记本记录了很多她和哥哥们之间的故事，这些，也构成了她青春里的全部美好。

"陆今悦同学,辞哥请你走一趟。"

他话音刚落,周围没人说话,一片寂静。陆今悦抬起头来,顺着众人视线往门口看了一眼,陆辞站在门口,白外套,黑裤子,头发稍微有点儿乱。

这不是重点,重点是,他身后跟着一群平时被好学生列入"拒绝往来对象"的调皮捣蛋鬼。

场面挺大,陆今悦有点儿慌。

第一章

我的哥哥很不好惹

1

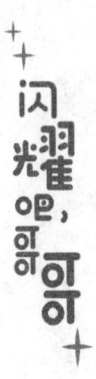

九月初,烈日炎炎,热气凝固在一起,黏腻燥热。陆今悦背着白色书包,趴在五楼的栏杆上,透过茂密的树影间隙,看向热闹的篮球场,被暴晒的塑胶跑道上,有一群男孩子奔跑的身影。

视线再往远处,是林立的高楼大厦,她将两只手的食指和拇指分别对在一起,比了个相机取景器的框框举到面前,闭起一只眼,打量着这帧温暖又繁华的画面。

陆今悦是半个月前才来合江市的,她家在弥林镇承包了一座山头做农家乐,有钓鱼、K歌、高尔夫球等各种娱乐项目,还放养了养殖场和鱼塘,最近正是忙的时候,是四叔开着一辆专门做卫生清洁的车,将她和两个行李箱从弥林镇接到了二伯家里,开学报到是大伯陪着她去的。

合江市是一座烟火气息很浓的城市,伯父、叔叔家的人都很关心她,她就读的合江市第二中学校园环境优美,师资力量雄厚,同学友爱好相处,看起来好像一切都很美好。但陆今悦心中有着莫名的压力。

原本想着来到合江只需要好好学习就行了,但是寄住到二伯家之后,二伯母给她买了一大堆新衣服,又十分殷切地说,因为陆辞今年上高三了,马上面临高考,可对学习是完全不在意,他们平时工作忙,在家时间少,希望陆今悦住在他们家的这一年,能够督促陆辞好好学习。

天知道,暴躁易怒的陆辞是她三个哥哥中最不好相处的。监督他?想到小时候,他扮作警察,与其他两个"劫匪"哥哥扭打在一起的狠厉模样，陆今悦就觉得脊背发凉。这种没办法拒绝二伯母，自己又帮不上忙的焦虑加愧疚感，让陆今悦夜夜失眠。

如果不是失眠，她不会开学两个星期迟到十次，也不会今天早上再次睡过头，直接旷掉了早自习，惹得班主任勃然大怒，将她请到了办公室门外，等候处置。明明昨晚调了闹钟，不知道为什么没有响铃，陆今悦翻出手机看了又看，都没琢磨出端倪。没道理啊，才买了两个月的手机，难道就坏了？

还没到上课时间，教室里很热闹，几个男生说说笑笑地走来，其中有人说道："辞哥，你不是说你妹妹是高一新生吗？哪个班？带我们去看看呗。"其他人立刻跟着起哄。

陆辞今年上高三，因为高三楼的教室安排不下，所以有两个班放在了高一楼，此刻，他双手抄在裤兜里，懒洋洋地靠在走廊上，视线越过人群，定在了尽头的办公室。

穿着卡其色背带裙和白色衬衫的少女站在一片阳光里，垂着头翻来覆去地翻转着手机。

陆今悦的班主任杜老师绷着脸走向陆今悦，一掌拍向她的手："我让你在这里反省错误，你还敢玩手机！"

年轻气盛的男老师在气头上，下手没轻没重，小姑娘像受惊的小鹿一般抬头。陆辞皱了皱眉，眼一眯，迈步走了过去。

陆今悦茫然地望着脸色难看的老师，亦看到了就站在老师身后，同样表情难看的陆辞。两个人视线对上，她愣了愣，眨眨眼。

陆辞唇角勾起，等着她向自己求救，然而陆今悦十分淡定地将目光移开了，就像没看见他一样。陆辞挑挑眉，收回要替她出头的打算，姿态闲散地靠在墙上，准备听陆今悦挨骂。

下一刻，陆今悦带着哭腔出声："对不起，老师，我正认真站在这里反省，但我爸爸刚刚发短信告诉我，我最好的朋友美妮去世了，我真的很难过。"她说着，摁亮手机屏幕拿给班主任看，那上面显示的正是十分钟前，陆爸爸发过来的一条短信：美妮死了，节哀。

有理有据，显然不是她撒谎。杜老师刚刚出手打了陆今悦一下，本来就有点懊悔，这会儿看见她闪着泪光的眼睛，立刻就心软了，拉着陆今悦进了办公室安慰她。

又过了一会儿，上课铃声响了，陆今悦出来，陆辞还在那里等着。"哥，上午好！"她笑眯眯地跟他打招呼，脸上一点都看不出"好朋友"去世的难过。

陆辞伸手，揪住她的书包带，将她拖至眼前，扬扬眉："美妮？"

"哦……"陆今悦往四周瞄瞄，踮脚凑近他，小声道："你别告诉别人，美妮是我一手养大的鸡，今天被我妈杀了去招待客人了。"

行吧，是他瞎操心了，能在被质问的几秒钟内，拿一只鸡死亡的噩耗来博取老师的同情，也算……聪明吧。

"不过……"陆今悦眼睛亮亮地看着他，一脸期盼，"老师说我天天迟到，我们班的班分被扣得太多了，让我想办法将功补过，你知不知道可以加班分的办法啊？"

"不知道。"陆辞还沉浸在刚刚想解救妹妹，却英雄无用武之地的憋屈中，冷冷地瞥她一眼，长腿一抬，走了。

陆今悦眼里的希望顿时破灭。

2

班主任给陆今悦的任务是，必须在本周内，将被扣除的班分全部加回来。

迟到一次扣0.5分，她迟到了十次，也就是扣了5分，该怎么加回这五分？陆今悦陷入了深深的苦恼之中。

"欣然，你知道怎么加班分吗？"课间，她一脸真诚地向同桌何欣然请教。

何欣然是个秀气白净的女生，她是从二中的初中部考进高中部的，对这所学校的校规很熟悉，她的成绩特别好，中考的英语成绩是全市唯一的满分，而且因为组织管理能力强，在开学第一天就被班主任任命为班长。

陆今悦有幸跟这种高颜值学霸同桌，认为是上天赐予的缘分，她很想把何欣然当作高中阶段最好的朋友来交往，大事小事都喜欢跟她分享。

不过遗憾的是，她的热情落了空。在评估过陆今悦吊车尾的成绩，以及开学以来的表现后，何欣然确认，陆今悦是她不想理的人，因此对她客气中带着冷淡，友好中透着疏离。

基于班长的职责，何欣然还是回答道："加班分，要么是在学校大型活动中获奖，要么就是做好事，比如捡到了同学的餐卡，可以加0.5分，捡到了校服，可以加1分，捡到再贵重的东西，可以酌情加分。"

"哇，谢谢你！"陆今悦十分感激，顶着两个硕大的黑眼圈跑了出去。

然而，一连两天，她来来回回逛了两圈操场，又把学校的五栋教学楼都爬遍了，最后一无所获，别说有人掉东西了，地上连张纸屑都没有。

陆今悦累瘫了，一身大汗地跑到小卖部买了一包辣条，正蔫蔫地吃着，抬头看见陆辞抱着篮球经过，连忙大喊一声："哥！"

陆辞早就看见了陆今悦，正等着她叫自己，听见这声呼唤，才懒洋洋地停住脚步，随口应了一声，"啊。"

"哥，你带钱包了吗？"

"干吗？"

"你掉个钱包给我捡吧，这样我就可以加班分了。"陆今悦眼巴巴地看着他。

"你是在搞笑吧？"陆辞眉头一皱，如同看智障般瞥她一眼，"你觉得老师会不知道我们两个是兄妹？还有这垃圾食品，你都多大了还吃这个！"说完，他夺过陆今悦抓在手里的一整包辣条，转身丢进了旁边的垃圾桶。

这可是她花了两块五的巨款，买的小卖部里最贵的一包辣条啊！她不满地冲他做个鬼脸，忽然想起二伯母的重托，冲着他的背影大吼一句："哥！你要好好听课，好好学习啊！别老打球……"

反正你打球的技术也不行，她小声地把这半句话嘀咕出来，有点胆怯于哥哥会赏她一个栗暴，但陆辞只留给她一个头也不回的背影。

陆今悦只好继续在学校里兜圈子，实验楼的旁边有一条栽满月季花的过道，隔着一片草地，有一堵老旧的墙壁，爬墙虎被阳光打出斑驳的光斑，现出一点百年老校的气韵来。

陆今悦脚步一顿，蹲下来看着这些紫色的花儿。陆今悦喜欢花，她从小长大的弥林镇上，漫山遍野都开着各式各样的花，她家饭店的门口有一个小花圃，奶奶也在里面种满了花。

二伯创办的公司还在艰难求生期，二伯母是律师，整天忙着案子，家里冷冷清清的，没有种任何花草，小区的绿化带里一溜儿的冬青，现在看到这么多花，陆今悦忍不住眉开眼笑。

后面有个短发的高个子女生走过，因为一边打电话，一边随手在包里翻找着什么，不留神掉了个东西出来，陆今悦回头一看，是个紫色的长方形钱包。女生走路风风火火的，陆今悦刚开始叫了她一声，对方没反应，她走过去捡起钱包，再抬头一看，短发女生的身影早就消失在转角。

呃……腿长得过分了吧！陆今悦拿着那个皮质钱包，脑子里冒出一个念头——踏破铁鞋无觅处，得来全不费功夫，要补上的班分，有着落了。

她正准备拿着钱包去找老师，让老师广播寻找失主，一个男生"咻"地蹿过来，劈手就夺去了那个钱包，嘻嘻哈哈地笑道："同学，这个是我掉的，谢谢你啊。"

陆今悦仰头看着男生，愣住了，虽然他确实穿着他们学校的校服，但那一头黄毛让他看起来俨然一副不良少年的模样。

陆今悦拽住他的衣角，厉声道："这不是你的，还给我！"

黄毛用力狠狠一推陆今悦，看着她狼狈地摔倒在花丛里，大摇大摆地走了。

土壤里有一块小石子，陆今悦的手肘磕在上面，剧烈的疼痛钻心而来。

3

当天晚上，陆辞还没发现陆今悦受伤的事情。

他回家时，陆今悦已经关门睡觉了，他拿着衣服去洗手间准备洗澡，映入眼帘的是陆今悦搁在置物架上的白色胸衣，应该是她洗完澡换下来的，忘了拿走。他尴尬地别过头，然后找来撑衣杆，把它挑进了角落的小盆里。

以前爸妈用主卧室的洗手间，陆辞可以独霸家里的另一个洗手间，但现在情况不一样了。原本专属于他的洗手间里，多了粉红色的漱口杯、天蓝色的毛巾、紫色浴帽……有时候他总有种走进别人家的错觉。

家里突然多了个女生，真麻烦。

陆辞又看了一眼那个角落里的小盆，不自在地摸了摸后颈。

第二天早上，陆辞去学校前，照旧轻手轻脚地打开陆今悦房间的门，拿起搁在床头柜上的手机，关掉了闹钟。

陆辞有个不为人知的坏习惯，每天早上，他都要在马桶上蹲半个小时。开学第一天，陆今悦没完没了敲门催促的事情让他产生了心理阴影。且不说被一个女生知道自己每天上个厕所需要这么久会多尴尬，光是那"咚咚咚咚"的敲门声就让陆辞受够了。

所以，为了避免这种尴尬局面重现，错开两个人的起床时间，从隔天开始，陆今悦的手机闹钟就被陆辞神不知鬼不觉地关掉了。

确保闹钟关闭后，陆辞正转身离开，裹着空调被酣睡的女生不自觉地翻了个身，手臂伸出了被子外，手肘上刺目的一道血痂暴露在陆辞的视线中。

陆辞皱着眉瞪了那道血痂很久，紧接着，陆今悦就被推醒了。

"哥？"她睁开眼，视线撞上一双漆黑的眼睛。陆今悦当即惊诧不已："你来我房间干什么？"

陆辞眉毛一扬，一本正经地胡说八道："你打鼾，声音太大了，我在隔壁房间都被你吵醒了！"

陆今悦顿时面红耳赤，结结巴巴地道："啊……真的吗？对……对不起……"说完她羞愧万分地耷拉下肩膀，努力回忆自己以前有没有打鼾的经历。

陆辞哼一声，又故作不经意地指了指她手臂上的伤，问道："这是怎么回事？"

话题跳跃得有点快，陆今悦一时没跟上，愣了一下才回答："我捡了个钱包，有个男生非说是他的，抢走了钱包，还推了我一把。"

陆辞眼一眯："你认识那个人吗？他长什么样？"

她摇头，努力回忆黄毛同学的外貌，发觉此人长得实在没什么特色，只好总结道："就是看起来挺凶的，还染了一头黄毛。"

说完，见陆辞陷入沉思状，没什么反应，陆今悦便仰着小脑袋瓜恳求他说："哥，你要是认识那位同学，能不能帮忙把钱包要回来？丢了钱包的女生一定很着急。"

面对如此善良正义的请求，陆辞毫不犹豫地驳回了，拿起毛毯恶作剧般地盖住她的头，没好气道："你看我像是闲得会给人找钱包的吗？忙着呢我！"

"喂！干什么啦？"等到气鼓鼓的陆今悦把毯子扒下来，陆辞早就没了影。

哎……她突然想起来，陆辞每天早出晚归，从来没见过他在家里写作业，她很多时候本来抱着坚定的决心要等到他回家才睡，但自从来到合江市，她的生物钟彻底紊乱了，早早就开始犯困，半夜开始失眠，天光大亮时又睡得倍儿香。她根本没有机会完成二伯母的嘱托。不行不行，从明天开始，她一定要想方设法盯着陆辞写一个小时作业才行。

坐在床上发了好一会儿呆后，陆今悦又开始忧愁起另一件事。这一周马上就要结束了，班分到底该怎么办？

一上午的课很快过去，下课铃声一响，班上同学一窝蜂地往外跑。陆今悦坐在位置上没动，她打算先写作业，等食堂人少一点了再去吃饭。不过，她写了几道题就写不下去了，教室后面有几个爱捣乱的男生，故意把篮球往她的方向砸。见她气鼓鼓地瞪他们，那些人反而更加肆无忌惮。

陆今悦认怂，乖乖收拾好书本出去吃饭。

这会儿食堂正是人最多的时候，她费了老大劲打好饭，张望很久，没找到何欣然，倒是坐在她后桌的一个叫夏圆茜的圆脸女孩，热情地拍拍自己身边的空位，招呼她过去坐。

夏圆茜也是合江本地人，爱扎可爱的丸子头，笑容甜美，是个小话痨。两个人共同话题还挺多，一直聊到午休时间快结束。

下午第一节是地理课，老师夹着教案本走进来，目光扫视一圈，皱眉道："怎么少了个人？"

大家纷纷回头一看，可不是，教室最后面有张桌子是空的，这个人正是先前陆今悦写作业时，在后面吵闹不止的男生之一。过了几秒，旁边才有人迟疑道："老师，他被高三（2）班的陆辞叫走了。"

听到陆辞这个名字，不少男生发出了起哄声，幸灾乐祸道："听说陆辞这几天找了不少人去，他肯定凶多吉少了。"

凶多吉少？这话说得有点过了吧？她哥是脾气不大好，但也没那么可怕……陆今悦忍不住跟何欣然抱怨："他们这么说陆辞，也太过分了，对吧？"

何欣然没理她。后面的夏圆茜听见了，用食指戳戳陆今悦，眉飞色舞道："陆今悦你傻了吧？陆辞可是咱们学校有名的一霸，之前因为严重违反校纪校规，还休学了几个月呢，这可是我们学校最严厉的惩罚了。虽然不知道那几个人怎么得罪陆辞了，但他们肯定麻烦大了。"

陆今悦窘了，她刚来二中不久，对陆辞在学校的"功绩"还不了解，可是他小时候明明是立志要做警察的人啊！居然成了"校霸"？

陆今悦回头望一眼教室的后方，莫名开始担忧起来。

4

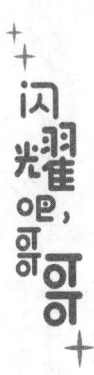

那个失踪的男生叫李铭,直到地理课上完,都没有回教室。

课间,陆今悦心不在焉地发着呆,她没有留意到,刚从教室外面回来的何欣然不知怎么突然抹起了眼泪。好几个同学围拢过来,问她怎么了。

何欣然抽抽噎噎地解释着:"我也是为了我们班同学的安全着想,才去找陆辞的,我只不过是礼貌地问了他一句有没有见过李铭,他朝我吼就算了,还拿笔砸我。"说着,她指了指额头上的一道红色印记。

在场的所有人都惊呆了,包括陆今悦。她知道陆辞一向脾气火暴,但公然打女生,也太说不过去了吧?只不过,虽然她也很替何欣然鸣不平,可她不敢去找陆辞对质。

他真的是个很不好惹的哥哥啊!

女生们气不过,齐动脑筋要治一治陆辞,有人叹息:"我们一帮女孩子也不见得能打得过他吧!不如去找老师吧!"

何欣然皱一皱眉:"找一般的老师不行,我们应该找学校领导,这样才能威吓他。"

找谁呢?分管学生德育工作的领导,是四十来岁的邓主任,同时还是高三数学组的组长,他做事很有原则,对待犯错的学生绝不姑息留情。大家一致决定组团去找邓主任。

找老师自己的哥哥这种事儿,陆今悦怎么也不好参与,她正要埋头装傻,何欣然却拍拍她的肩膀,给她分派了一个更重要的任务——拖住陆辞,以便邓主任能及时找到他。

"今悦，你一定能做到的，对吧？"何欣然通红着眼睛问。

其实只要仔细想想，就知道这个委托很蹊跷。按说何欣然并不知道陆今悦和陆辞是兄妹关系，为什么偏偏让她去呢？

但当时那么多人看着……何况陆辞的确有错在先，如果拒绝，她怕被全班女生讨厌。所以，陆今悦脑袋一热，就答应下来。

放学后，在众人热切的目光中，陆今悦出发了……

偌大的篮球场上，只有陆辞一个人，陆今悦做了五分钟的思想准备，她想，如果陆辞真的什么都没做，邓主任也不会太为难他吧？她深吸一口气，怀着矛盾的心情走上前。

陆辞正在投篮，他姿势帅气地纵身一跃，劲瘦的腰线随动作起伏露出，篮球以优雅的弧线飞向球筐，可惜……没中。

"哇……"已经做好捧场准备的陆今悦，万万没料到她哥球技逊到如此地步，脱口而出的一声"哇"没来得及收回。

"哇什么？"陆辞回头瞪她，想他一世英名，唯独打球的技术不行。好不容易寻找机会独自来这里偷偷练一会儿，偏巧被陆今悦撞个正着。

太影响他作为一个哥哥的形象了！

"没什么，我就哇一下。"

"走吧，回家。"黑了脸的陆辞捡起丢在篮球架上的书包，拖着陆今悦的书包肩带，拽着她往前走。

"哥！等一下！我现在还不想回家！"陆今悦拼命摆手，想起自己肩负重任，用尽浑身力气将脚定在地上，不被他的力道拖动。

陆辞不听，存了心要逗她玩儿，加大力道，拖着她往前走了好几米。

小小的陆今悦，被蛮力拖动着，几乎欲哭无泪，只好大叫道："哥！你看天气这么好，夕阳这么美，我们一起欣赏领略大自然的美，好不好？"

就在陆今悦快被拖走之时，邓主任出现了。一同前来的还有陪着何欣然等待事情处理结果的班里的女生。

"陆辞同学，我问你点事情，来我办公室一趟吧。"邓主任的语气带着不容违逆的威严。

"嗯？我最近好像没做什么吧。"陆辞懒洋洋地笑了一下，模样痞痞的，十分欠揍。

"李铭的事情，还有你欺负了我们班长。"一个女生很不客气地呛声，她跑到陆辞身后，将陆今悦拉出来问，"他有没有为难你？还好有你帮忙拖住陆辞，不然这会儿放学了，我们去哪里找他？"

当面被戳穿了……陆今悦心里咯噔一下，拼命摇头。陆辞回过头，目光沉沉地望着她，看得她心里直发毛。

"行啊陆今悦。"陆辞垂眼轻哼一声，笑道，"敢坑你亲哥，挺有种啊！"

他话一出，旁边一群人都愣住了。

5

那天下午，邓主任将陆辞带去了自己办公室，陆今悦也想跟着去，但邓主任一拍桌子："这位同学，你先离开吧，这件事让老师来解决。"

陆今悦恐慌极了，像个可怜的小动物一样，眼巴巴地看着邓主任，又不知道该怎么帮陆辞说话。虽然为了何欣然，她选择出卖陆辞，可如果陆辞真的被责罚，她是不是跟着一块儿受罚更好些？

陆今悦脸色苍白地蹲在原地，平复了十多分钟的情绪，才折回教室去找何欣然。她想问问何欣然，学校对犯错的学生，最严重的处罚是什么。

放学了，空荡荡的教室里传来两个女生的交谈声。

"真是没想到啊，陆今悦居然是陆辞的妹妹，让妹妹大义灭亲举报自己的哥哥，是不是不太好啊？欣然，早知道这样，我们不应该让陆今悦去拦截陆辞的。"

"我就是知道他们是兄妹，才让陆今悦去的，反正她能为班级做的贡献也只有这些了。而且换别人，谁拦得住陆辞？他那种没教养的人，被教训一下也活该。"

"天哪！你是故意的？你怎么知道他们是兄妹啊？"

"我帮老师整理学生的家庭信息时看到的。故意又怎么了？我就是看他俩不顺眼。"何欣然小声嘟囔着，她想起那天早上去办公室交作业，意外看见班主任在批评旷课的陆今悦时，陆辞那样紧张地凑了过去。

那是他们相识十年来，陆辞极少展现出来的，除了恶劣、暴躁、慵懒之外的另一面，像一个哥哥的样子。那一瞬间，何欣然想起了很久之前……她曾经多么希望，自己能拥有陆辞这样的哥哥。

可是，她没有。所以，她没有的，别人也不应该有。

她就是要破坏陆辞和陆今悦之间的关系，让他知道，这个妹妹根本不信任他，随时都会背叛他。她要让陆辞讨厌陆今悦。

陆今悦屏息听到这里，转身向外走去。

原来自己被利用了。她耷拉着肩膀，对着空气小声地说："我宣布，你不再是我的朋友了。"

那天晚上，陆辞很晚才到家，他是跟父母一起回来的。

一进家门，陆二伯对着陆辞一通训斥："你之前因为打架，被勒令在家反省两个月，如今还这么无法无天，是不是想被退学？你说说你，已经被请多少次家长了？这都高三了，成绩还是倒数，你是不是想气死我？"陆二伯是跟陆辞一样的暴脾气，二伯母在旁边劝了几句，没劝住，也习以为常了，便收拾东西去洗澡，任由父子俩僵持。

陆辞将书包扔在地上，将自己摔进沙发里，不耐烦道："都跟你说了是误会，我就找他说了几句话，后来他自己肚子痛没跟老师请假就跑回家了，关我什么事？"

陆二伯用更大的音量吼道："不关你的事怎么会有人告你的状？都是你自己平时行为不端正！"

平白无故被污蔑，陆辞更愤怒了："你能不能别再揪着以前的事不放？"

"那你打女生呢？你还有没有教养，居然对女生动手？"

"我只摔了笔，谁知道那支笔自己跑到她脸上去了！"

被儿子两句话堵得哑口无言，不善言辞的陆二伯气得快要心肌梗死了。

就在这时，陆今悦打开房门，她抱着一个巨大的，形状丑萌的鳄鱼抱枕，怯生生地说："打……打扰一下。"

吵架没吵赢儿子，正尴尬的陆二伯咳嗽两声："今悦啊，是不是吵到你休息了？"

"没有没有。"陆今悦心虚地摇着手，继续结结巴巴地解释，"我……我只是想把这个抱枕送给你，听说晚上抱着睡觉可以助眠。"

陆二伯一个年近四十岁的男人，冷不丁怀里被塞进了一个软趴趴的抱枕，顿时呆愣在原地，好半天才说道："好的……谢谢你。"小侄女第一次给自己送礼物，不能拒绝，免得伤害人家的自尊心。

二伯母洗澡出来，一见这场景，嘴角可疑地往上扬，还没来得及说出嘲笑的话语，一转眼，陆今悦又从房间里抱出个一模一样的鳄鱼抱枕，笑容甜甜地道："伯母，这是送给你的！"

二伯母顿时也呆住了。想她一个驰骋职场十多年，雷厉风行的女律师，如果被客户和同事知道她在家里抱着一个丑得这么可爱的抱枕，一定会笑掉大牙吧？

紧接着，同款鳄鱼抱枕三号也塞进了满脸错愕的陆辞怀里。

陆今悦之前仔细琢磨了一下她失眠的原因，最后在跟爸爸通电话时，经过点拨，终于恍然大悟，她以前睡觉时习惯抱着抱枕，难怪来了合江之后，总觉得少了点什么，于是，在回家的路上，陆今悦去商场挑选了一个巨大的鳄鱼抱枕。但她不好意思只给自己买，于是很阔气地买了四只。抱着几个巨大的鳄鱼抱枕回家的路上，她行动艰难，还踩了一位无辜路人的脚。

陆今悦最后从房间里抱出自己的鳄鱼四号，很高兴地宣布："以后大家可以抱着它睡觉了，这是我们的家族吉祥物！"

陆家其他三人表示无语，一场家庭风暴就此落幕。

6

尽管有了抱枕,可那天晚上,陆今悦仍然失眠了。

一个小时前,她站在陆辞房间门口,十分愧疚地跟他道了歉,把这件事的前因后果都告诉了他。陆辞懒散地靠在窗边,好半天才拧着眉问了一句:"陆今悦,李铭失踪了,你跟着你们班同学瞎胡闹,却没想过来找我问个明白,你觉得我是那种会伤害自己同学的人?"

陆今悦把头摇得像个拨浪鼓,心急地想要解释,又不知道该说什么,当时她处境艰难,犹如站在风口浪尖,根本没有其他路可选啊!但是,陆辞失望也是应该的,毕竟她忽略了他的感受。想到这里,陆今悦心一揪,她低下头,再次缓缓道了声:"对不起。"

陆辞面色无波,秋天的冷风从窗外灌进来,窗帘飘动,穿着黑色家居服的少年浸在冷风里,看起来有点儿萧瑟。陆今悦绞尽脑汁思索着再说点什么,可是说什么都好像不对劲,更别提督促陆辞学习了,她只好难受地回了自己房间。

看来,赎罪之路,任重而道远啊!

她在床上翻来覆去半个小时,摁亮手机屏幕一看,十点二十三分,干脆坐起来给爸爸打了个电话,本来以为他已经睡了,没想到电话竟然接通了。陆今悦不敢大声说话,怕吵到二伯一家人,她小声地唤一句:"老爸。"

陆爸爸了解女儿:"又失眠了?那爸爸陪你说会儿话吧。"
陆爸爸笑呵呵地开始跟女儿唠嗑,语调中有着掩饰不住的小喜悦："我们把山头旁边的空地也买下来了，你妈准备建一个休闲度假的民宿。"

"哇！"弥林镇虽然地理位置有点儿偏，但有全省数一数二的国有林场，风景秀美，夏天尤其凉爽，从城市里特意驱车去避暑旅游的人也不少。陆今悦很佩服自家老妈的雷厉风行，一个月前筹划着办民宿，这么快就落实了。

"我们家山头，以后就可以改名为五星级度假村了！"陆爸爸的手机开着免提，忙着算账的陆妈妈在旁边听着父女两人越来越膨胀的自信心，忍不住翻了个白眼，凑过来问："今悦，最近学习怎么样啊？"

"挺好的。"陆今悦老老实实回答，面对妈妈，她总是有种老鼠遇到猫的畏惧心理。

"你在伯伯家里，也要机灵点儿，帮着做家务；在学校里好好学习，多交品学兼优的朋友，离那些不良少年远一点，遇到困难找你哥。"

陆今悦有点儿心虚，没敢说她哥就是不良少年的……头头。聊了一会儿之后就挂了电话，房间里关了灯，陆今悦平躺在床上，在一片黑暗中伸出手来，昏暗房间里呈现出细细长长的五指形状。妈妈刚刚说了"朋友"两个字，她想起开学第一天，她用怎样开心的表情，怎样友好的动作，亲热地挽住了何欣然的手。那时她想，何欣然那么优秀，能跟她做好朋友，一定很幸运。可是，怎么这么快，她就一点儿都不想再跟何欣然说话了呢？

陆今悦茫然地眨了眨眼。

7

重回学校后,陆今悦没有像往常一样跟何欣然打招呼。何欣然察觉出怪异,只是眉头皱了皱,反正陆今悦从一开始就不在她的朋友圈名单里,所以她根本没放在心上。

到了大课间,陆今悦正趴在课桌上琢磨跟陆辞赔礼道歉的一百种方式,昨天请假的李铭忽然跑过来,语气恭恭敬敬地说:"陆今悦同学,辞哥请你走一趟。"

他话音刚落,周围没人说话,一片寂静。陆今悦抬起头来,顺着众人视线往门口看了一眼,陆辞站在门口,白外套、黑裤子,头发稍微有点儿乱。这不是重点,重点是,他身后跟着一群平时被好学生列入"拒绝往来对象"的调皮捣蛋鬼。

场面挺大,陆今悦有点儿慌。陆辞微挑了下眉,狭长的眼盯着她,下巴一扬,示意她出来。

陆今悦搁下笔,脚步沉重地走了出去。

"今悦妹妹好!"十几个男生同时对着她弯腰,声音清脆,气势磅礴,直冲云霄,把陆今悦吓得一哆嗦。

"辞哥对我们都下指示了,辞哥的妹妹,就是我们的妹妹,以后今悦妹妹就是我们的第二领导,有什么事情,只管吩咐!"

"还有这些,都是我们捡到的钱包,辞哥特意拜托我们搜集这些失物交给你,让你拿去给老师,好加班分。"一个小喽啰送上一堆颜色各异的钱包。

原来陆辞这几天频繁找各个班的差生谈话,就是为了让他们帮自己加班分?

陆今悦从惊吓到茫然，从茫然到感动，然后眼含泪水，接受了哥哥的好意。

陆辞的表情依然不怎么好看，他的语调也挺冰冷："虽然我也不大知道要怎么当哥哥，但是肯定不会眼睁睁地看自己的妹妹落难不出手。你给我好好反省一下！"

陆今悦又开始自责了。哥哥暗地里为她做了那么多事，她竟然出卖了他。这么想着，她绽放出无比真诚的笑容，深吸一口气："哥，我保证再也不坑你了，以后一定会无条件信任你！"

想了想每天都被自己悄悄摁掉的闹铃，陆辞一时间也有些心虚。要不是不想被陆今悦识破自己每天蹲厕所半小时的真相，他早找她算账了。这世上敢背叛他陆辞的人还没出生呢！但是这次……为了保住颜面，他也只好稍作牺牲了。

他尴尬地咳嗽一声，见旁边围着一堆津津有味看陆今悦认错的好事者，眉头一皱，抬高声音吼了一句："看什么看，又不是马戏团表演！"

眼看周围人都散了，陆今悦神秘兮兮地拽着陆辞到角落里，仰起脑袋，郑重又认真地看着他："哥！商量个事好不好？以后晚上你早点回家，我们一起写一个小时的作业。"

开学时，高三年级举行了一场模拟考，所有学生的成绩都被张贴在学校的宣传栏上，陆今悦研究过陆辞的排名，真是惨不忍睹。

年级倒数第一。

她要努努力，至少让陆辞下一次考试不要再考倒数第一了，考个倒数第二也是进步，她好跟二伯母交代啊！

陆辞仿佛瞬间洞悉了她的内心："行了行了，我妈说的话你不用放在心上，她怕你住在我家有心理压力，随便找了个借口而已。我的学习情况怎么样我妈还不知道吗？让你每天监督我写作业又有什么用？"

原来是这样！陆今悦"啊"了一声，还是有点为难，陆辞看起来明显不想学习，但二伯母的重托，她真的可以不用在意吗？

"我妈真的就是随口一说，你看这段时间以来，她有问过你我学习的事儿吗？她要是真的想让我在家里学习，早就给我请家教了。还有，刚刚是谁说会无条件信任我的？"陆辞挑眉，不爽地看着她。

仔细一想，陆辞说得非常有道理。陆今悦这下感觉轻松多了。正准备转身回教室，余光忽然瞥到了一个熟悉的人影，她抓住陆辞的胳膊："哥，就是他！抢走了那个紫色钱包！"

陆辞回头一看，拔腿追了上去，陆今悦也连忙迈起小短腿跟上。

一路追到了操场上，黄毛闷头往前跑，连方向都不分了，跑了半天才发现，自己只是围着操场兜圈子而已。他并不是合江二中的学生，上次借了件朋友的校服穿着混进来溜达，本来是想瞻仰一下名校风采，没想到有个意外收获——从一个女孩手里抢了个钱包。于是今天他又想来看看还能不能遇到上次那样的好事，却被认出来了。

陆辞抓住黄毛的衣领，冲着从不远处经过的一个短发女生喊了一句："傅凛凛，就是这个人抢走了你的钱包！"

陆今悦刚到操场，正走在女生旁边，她抬头一看，立刻就惊艳了，帅气的短发，五官明丽，白得过分的皮肤，穿黑色卫衣配百褶裙，踩着双黑色小皮鞋，过膝长袜包裹着细长漂亮的腿。美少女听了陆辞那句话，柳眉倒竖，气骂了一句："总算逮到你了，我的钱包也敢抢！"

　　说罢，她几个箭步过去，对着黄毛就是一顿胖揍，身手之利落，手段之残暴，行为和外表反差之强烈，把陆今悦看得目瞪口呆。当时的她毫无察觉，这个炫酷的短发美少女，会成为她往后高中三年最好的朋友。

干完活儿之后，又累又渴，陆今悦把先前买的矿泉水拿起来准备喝。不知道为什么，这个瓶盖特别紧，她试了两三次，仍然拧不开，陆今悦白皙的瓜子脸皱成一团，她甩甩手，正准备用尽洪荒之力再试一遍，忽然有人自她头顶把矿泉水抽走了。

　　陆今悦一转头，看到一个穿着蓝色上衣，长相十分斯文俊逸的男生冲她笑了笑，他手稍一用劲儿，轻轻松松就帮她把瓶盖拧开了。

第二章

听说你在打听我

1

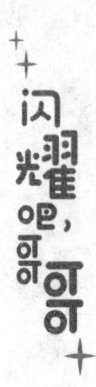

周六晚上,陆家迎来了一月一次的家庭聚会。按照惯例,聚会时,几家人会一起吃晚饭,交流近况,然后给每个小孩发礼物。

这次聚会的地点是在四叔家里,二伯和二伯母下班都比较晚,陆辞骑着自行车先载了陆今悦过去。他们到的时候,四叔和四婶正在厨房里张罗晚餐。秋天是吃蟹的季节,大伯带了红酒和大闸蟹来,然后把东西丢给四叔便不管不问了,穿一袭棉麻长衫在客厅里泡茶,烟雾袅袅升腾,看起来仙气飘飘。而大伯的第二任妻子,年轻漂亮的大伯母在餐厅里摆放着碗筷。

大人们各自忙碌,陆今悦被迫跟三个哥哥一起躲在陆雨蒙的房间里看恐怖片,她天生胆小,一向对恐怖片避之不及,但想她一个弱女子,怎么也拗不过三个大男生。而且陆雨蒙这个讨厌鬼,还利诱她说:"陆今悦,我们打个赌,你要是敢不捂眼睛看完恐怖片,我就给你买奶茶喝,你最近不是喜欢上喝奶茶了吗?"

男生们总喜欢打些莫名其妙又幼稚的赌约。陆今悦暗暗翻了个白眼。不过,她爱上奶茶这事儿是真的。前几天,傅凛凛为了感谢陆今悦捡到自己的钱包,特意买了一杯网红奶茶店的草莓奶盖来感谢她,陆今悦推辞不了,只好收下,结果喝完之后,顿时打开了新世界的大门,这比她们弥林镇上那些山寨版奶茶店里的烧仙草美味太多了,她从此爱上了奶茶!

正好学校附近开了网红奶茶店的分店,陆今悦成了常客,几乎每天放学经过时，都要跑去买一杯喝。虽然网红奶茶的价格有点儿昂贵，但陆今悦很有原则，绝不为一点蝇头小利动摇，一口拒绝陆雨蒙："我自己会买。"

利诱不成，陆雨蒙改为威胁："这是我们兄弟每次家庭聚餐前的传统节目，你以前住在弥林镇就算了，现在来了就得入乡随俗。"

看恐怖片算什么传统节目？陆今悦不服，还想跟他抬杠，这时，正屏息等待恐怖情节的陆辞不耐烦地吼一声："行了！别吵了！"然后，他拉住陆雨蒙，意味深长地说："你总欺负陆今悦有意思吗？就算要欺负，也得找个强一点的吧，她弱得跟蚂蚁似的，欺负她一点成就感都没有。"

被羞辱了，陆今悦愤怒地摔门而去，打开手机，跟弥林镇的家人视频，还给他们看了叔叔伯伯们忙碌的身影。

陆今悦的爸妈和奶奶刚吃过晚饭，今晚农庄里没什么客人，于是一家三口挤在一起，集体跟陆今悦通话。奶奶使劲凑在屏幕前盯着她瞧："哎哟，今悦是不是瘦了啊？看看这黑眼圈，学习是不是很累？多休息啊，饭也要多吃点。"

陆今悦连连点头，听见奶奶担忧的语气，特意露出笑容让奶奶放心。

陆爸爸经常跟女儿打电话，他相对来讲就比较淡定，笑呵呵地问了陆今悦最近还有没有失眠，以及家庭聚会的情况。轮到掌管家里财政大权的陆妈妈了，陆今悦清了清嗓子，将摄像头对准了大伯带来的螃蟹："妈妈，你看这些螃蟹，像不像你给我加的一千块零花钱？"

陆妈妈哭笑不得,陆今悦自小懂事听话,花钱从不大手大脚,去了合江市后,她专门给陆今悦办了一张银行卡,定期往里面打钱,这两个月也没见她主动要过钱。

"生活费用完了吗?是不是合江市那边的物价比较高?你花钱别省着,也别总让伯伯叔叔们给你花钱,我等下就给你转账。"

陆今悦有点不好意思地点了点头。上次误会陆辞,她一直很愧疚,十月中旬就是陆辞的生日了,她想送他一份大礼,可手头实在有点拮据,都怪她最近沉迷于喝奶茶,花光了生活费。

应该给陆辞买个什么礼物,才能显得诚意十足呢?也不知道他喜欢什么……陆今悦结束了跟爸妈的视频通话,打开微信,找到傅凛凛的聊天窗口。

上次的捡钱包事件之后,热情的傅凛凛告诉她,虽然她比陆辞小两岁,跟陆今悦一样上高一,但她跟陆辞是很多年的朋友了,陆辞的妹妹就是她的妹妹。然后她主动加了陆今悦的微信。这个从天而降的美少女朋友,让刚刚被何欣然伤害过的陆今悦十分受宠若惊。

不过让陆今悦更惊讶的是,傅凛凛和何欣然竟然是表姐妹。傅凛凛漫不经心地说:"我那个妹妹从小就特别小心眼,总爱嫉妒别人,我一直看她不顺眼。小可爱,听说你被她利用了,没关系,以后有机会我帮你怼回去!"

被何欣然利用这件事,陆今悦没跟任何人提起过,也不知道傅凛凛是从哪里听来的。不过,看起来,她跟何欣然好像关系不太好的样子……如果自己与她交好,算不算是报复了何欣然?陆今悦曾产生过这种幼稚的想法，当然只是一瞬间。

既然傅凛凛跟陆辞是很好的朋友，那她应该会了解他的喜好吧？犹豫了好一会儿，陆今悦才鼓起勇气发了一个笑脸过去作为开场白。但等了很久，傅凛凛都没有回复。大概她不怎么用微信吧？陆今悦暗想，不如下次见面的时候问下她好了。

2

陆今悦为了给陆辞准备礼物而绞尽脑汁时,不知道房间里的三兄弟,一边吐槽明显不合逻辑的恐怖片情节,一边围绕陆今悦展开了议论。"哎,家里多了个女生,到底是什么样的感觉啊?你先说一下,让我做好心理准备。"陆雨蒙问陆辞。抓阄时,他抓到了第二的顺序,也就是说,明年陆今悦会寄住到他家里来。

"你这心理准备会不会做得太早了点?"陆观澜斜睨了他一眼。

陆雨蒙嘿嘿一笑:"未雨绸缪嘛,虽然可能会很麻烦,但有今悦分散我爸妈的注意力,他们就不会整天盯着我了。"

"其实也没有那么麻烦,她的存在对我来说,就像……"陆辞将长腿一伸,架在了电脑桌上,他想了一下,寻找合适的措辞,"就像家里多了一只小猫或者小狗。"

小猫小狗?这个比喻让陆观澜和陆雨蒙都忍不住扬了扬眉。

陆辞耸了耸肩:"就是这样,我平时在家的时间不多,即使在家,无非就是看见她坐在沙发上看电视,或者她从洗手间、厨房里出来,经过我的视线几秒钟而已。"

"除此之外,你们没有别的交集了?她不会像别的女生那样吵吵闹闹的?不会总是指挥你干活?"陆雨蒙曾听好几个有妹妹的朋友吐槽,妹妹是一种很可怕的生物,哥哥要无条件让着妹妹,宠着妹妹,不管做错什么事情,爸妈都会认为是哥哥的错。

"今悦的性格还好吧,我们以前在弥林镇过暑假时,她不是跟我们相处得也很愉快?"陆观澜替陆今悦说了一句公道话。

"那不一样,那时候我们还小,而且暑假只有一两个月的时间,闹不出什么大矛盾。现在我们都大了,长期住在一起,比如看到她晾在阳台上的文胸、内裤什么的,不会觉得尴尬吗?"陆雨蒙有理有据地反驳。

说到这里,陆辞蓦然想起有天晚上,他洗完澡,去阳台把脏衣服放进洗衣机里,因为没开灯,脚上还沾着水,随手捡起地上的抹布擦了擦脚,边擦边想这抹布的布料怎么这么柔软?开灯一看,那是一件暗粉色的背心式少女文胸,他惊得火速扔进了垃圾桶,而且特意在深夜十一点钟跑下楼丢了个垃圾。

尴尬吗?当然尴尬!但陆辞才不会告诉陆雨蒙他们,所以他很不耐烦地一拍桌子,掩饰脸上的暗红,大声说道:"自己的亲妹妹,哪来那么多尴尬?你问题太多了!吃饭去!"

陆雨蒙被他吼得一愣,对着他的背影翻白眼道:"不就是友好请教下饲养'小猫小狗'的心得吗?发什么火?"当然,他也只是小声念叨,陆辞性格急躁,还练过武术,虽然自己身高一米八三,比陆辞高了足有五厘米,但每次打架,他只有吃亏的份儿,当然不敢主动挑事。

陆雨蒙也起身离开房间后,陆观澜细心地把电脑关了,他坐在一室黑暗里,回味着刚刚陆辞突然发飙的反应,觉得有点耐人寻味,陆辞这小子,肯定是做了什么不寻常的事情。

这会儿,外面传来陆今悦清甜的声音,似乎是在跟刚刚进家门的二伯二伯母打招呼,又抑扬顿挫地连喊了几声"开饭了",他的嘴角不自觉地扬了扬,站起来往客厅里走去。只是那笑容,到了明亮的灯光下,很快消失无踪,就像是一捧雪花,遇到了阳光,便很快融化了。

3

这个月的礼物是由二伯和二伯母准备的,四份一模一样的礼物用粉红色纸袋装好,不同于三个哥哥看到粉红色时嫌弃的表情,陆今悦很开心地收下了。

吃饭时,长辈们例行交流近况,然后开始吐槽自家小孩最近的一些顽劣事迹。在几个哥哥默默挨训的时候,陆今悦吃完了三大碗饭,还喝了一大壶四婶亲手榨的木瓜汁。四婶的手艺实在太好了,堪比大厨,能生活在四婶家里肯定很幸福,对比厨房只是摆设的二伯家,陆今悦开始期待高二的生活了。

吃得太多,离开时她几乎是扶墙而出,二伯和二伯母接着回公司加班,叮嘱陆辞带妹妹早点回家休息。

在四婶家楼下分别时,二伯母问起陆辞最近的学习情况,陆辞懒洋洋地只回答了三个字"就那样",二伯母立刻皱眉训斥起他,离高考也不久了,他还这么吊儿郎当,一点都不把自己的前途放在心上。

"你不是想当警察吗?那就努力学习考一个本科的警察学院。"

"读书有什么用?我现在这成绩,根本考不上警察学院,去当兵也不错,反正入伍不需要考试,身体检查合格就行了,到了部队里再考军校。"陆辞双手插在裤兜里,垂眼看地面,语气漫不经心。

闻言,刚接完电话的二伯眼睛一瞪,吼道:"不上大学去当兵?你连大学都考不上还想考军校?趁早打消这个念头,你要敢去当兵，我把你的腿打断信不信？"

陆辞也不说话，两父子大眼瞪小眼，气氛剑拔弩张。

陆今悦也觉得陆辞的这个念头很让人匪夷所思，似乎他从没想过好好读书上大学，而是决定去当兵，通过成为军人再做警察。可直接考大学成为警察，不是更方便快捷吗？

"行了，老陆，陆辞不懂事，你别跟他较真，现在有今悦在我们家，能陪着他一起学习，不像以前，请来的家教都被他气跑了。"二伯母劝着二伯上了车，又不放心地叮嘱陆今悦，"今悦，你看着点你哥哥，他性子躁，别让他闯祸。"

陆今悦心虚地点头。

陆辞这个骗子，说他妈妈拜托自己督促他学习，只是客套话而已，可刚刚二伯和二伯母的态度明明是期望他能考个好大学，也是真心希望陆今悦能够帮帮陆辞。

想到这里，陆今悦又开始犯愁了。二伯和二伯母对她那么好，她真的很想为他们分忧，可是……望着吊儿郎当走在前面的哥哥，她苦恼地抓了抓脸，该怎么做呢？

第二天是周日，陆辞一大早就出去了，下午三点多才回来，洗了个澡后又准备出门。正在绞尽脑汁演算数学题的陆今悦听到动静，立刻跑出去，眼巴巴地问："哥，你去哪儿？"

"去武馆打拳。"陆辞瞥她一眼，见她没穿家居服，而是一身粉色格子衫和牛仔裤，头发梳得整整齐齐，还戴着一个发箍，像是打扮好了就等着出门的模样，他扬眉，很好心地问了一句，"你要跟我一起去吗？"

"要！"他的邀请正中下怀，陆今悦回答得十分爽快。

"但我不想带你。"陆辞龇牙一笑。

陆今悦才不管陆辞的拒绝，见他换鞋走了，她也跟着走，任凭陆辞拧眉呼喝，她就是不肯回去。陆辞没辙，只好随她跟着。

经过一家书城时，陆今悦声称要买书，非要拉着陆辞进去。

陆辞打了个呵欠，声音冷冷淡淡的："你自己去吧，我走了。"

"哥，那里有一只狗，我害怕！"陆今悦瑟瑟发抖地指了指趴在书店门口的一只大型白色狗狗。陆辞看了看那条狗，又看了看陆今悦，思索片刻，终于大发慈悲地同意陪她去书城。

因为是周末，而且书城请了一位知名教育家来做讲座，书城里人满为患。讲座的主题是"如何提高准高考生的备考意识"。看大家都听得津津有味，陆今悦也拉着陆辞往人堆里钻，奈何陆辞三秒钟就识破了她的"诡计"，强行掰开她的手，转身就往书店外面走。

"哥，你就不能听听讲座吗？"陆今悦急了，她之前看了书城的传单，知道会有教育家来做讲座，今天就在家里蹲守一天，幸运的是，恰好在讲座开始前，陆辞回家了，她死皮赖脸地把陆辞带进了书店，他要是现在走了，她岂不是前功尽弃了？

说不定陆辞听了讲座之后，一下子动力满满，回去刻苦学习，成绩一飞冲天呢！

对于她的这一幻想，陆辞简直嗤之以鼻，语气难得正经道："陆今悦，我告诉你，我知道自己想做什么，知道自己要走的路，不用你瞎操心。"

见他表情严肃，陆今悦害怕了，本想鼓起勇气再试图说些什么，但已经走到门口的陆辞忽然俯身解开了门口那只狗狗的遛狗绳。重获自由的狗狗立刻站起来，身手矫健地往陆今悦的方向冲过来。陆今悦一瞬间吓得简直魂飞魄散，还好，狗狗只是擦过陆今悦的右腿，跑去了其他地方。陆今悦惊魂未定地回过神，这才发现，陆辞早就消失无踪了！

　　自己好心带他来听讲座，他竟放狗咬她？陆今悦恨恨地在心里给陆辞画了一个大叉号。

4

因为书店发生的事,陆今悦连续几天盯着陆辞的目光都充满愤恨。陆辞全然不在意,或者说,他根本懒得搭理她。一只猫的情绪,有什么值得放在心上的?

可不管怎么对陆辞生气,他的生日要来了,陆今悦还是想好好为陆辞准备一份礼物。

在出去逛商场给陆辞寻觅礼物的时候,她看见自己常去的奶茶店最近在做活动,充值一千块钱,可以送两百。这对陆今悦而言,是莫大的诱惑,然而,她担心给陆辞买礼物的钱不够,左思右想之下,还是忍痛放弃了大酬宾的优惠活动。

只不过,一圈商场逛下来,她毫无收获,准备离开时,却意外看见了傅凛凛。那是一家手工私人定制店,傅凛凛就站在玻璃门后,似乎正跟店主说些什么。

难道傅凛凛也在给陆辞准备生日礼物?陆今悦机智地悄悄地靠过去,果然听见傅凛凛在说:"是送给一个男生的礼物,在T恤的后背印上'为人民服务'几个字,他一直很想做警察。"

这一定是送给陆辞的礼物吧?陆今悦立刻雀跃地跑进去,跟傅凛凛寻求建议,还有什么东西是陆辞想要的。

"陆辞对警察这个职业有执念,有一部破案类型的动漫是他最爱看的。那部动漫好像出了限量版人物手办,特别贵,但因为陆辞当时跟人打架,被学校记过,他爸妈勒令他在家反省,停了零花钱还断了网,所以他没有抢到。所以,要说他有什么特别想要的东西,应该就是那套手办了。还有……"傅凛凛突然伸手揽

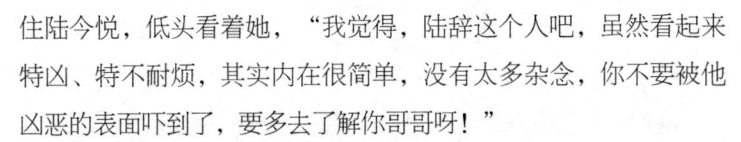

住陆今悦，低头看着她，"我觉得，陆辞这个人吧，虽然看起来特凶、特不耐烦，其实内在很简单，没有太多杂念，你不要被他凶恶的表面吓到了，要多去了解你哥哥呀！"

这样的傅凛凛看起来很温暖，陆今悦看了看搭在自己肩膀上的那只手，郑重地点了点头。

"陆辞真的……特别特别想成为警察，我很好奇原因，可是问他吧，他又不肯说，神神秘秘的！"

跟傅凛凛告别后，陆今悦蓦然想起一件往事。陆辞的外公曾在部队担任武警军官，老人家突发脑出血去世的那年，一向顽劣的陆辞沉默了很多天。

那时候陆辞好像刚刚九岁，因为从小跟着外公外婆在部队大院里长大，他跟外公的感情最深厚。为了缓解陆辞的心情，二伯趁着暑假把他和两个哥哥一起送到了弥林镇暂住。

有天下午，陆今悦被镇上的一个坏小子欺负了，手肘破皮流血，她哭着回家求助，当时陆观澜跟陆雨蒙都在午睡，陆辞腾地从电视机前站起来，拉着她去找那个坏小子，把对方揍得屁滚尿流。

"他会叫警察来抓我们吗？"那个坏小子的爸爸是镇上派出所的警察，当时的陆今悦还很担心。

"不怕，以后我也当警察，像我外公一样做光荣的军人，我会保护你的。"满头大汗的陆辞拍着胸脯保证道，眉宇间带着些坚毅。这句稚气的话语，陆今悦很快就忘了。

以前陆辞说要成为警察，陆今悦以为，他只是头脑一热，随口说说而已。就像自己，每次作文课，老师让大家写"我的梦想"，陆今悦写过想成为老师、医生、小卖部老板、作家等，最近，她又想做奶茶店老板，这样就可以一边赚钱，一边拥有喝不完的奶茶了。

所以，她真的没想到，陆辞这个成为警察的梦想，静静地坚持了这么多年。陆今悦暗下决心，一定要想方设法帮陆辞买到那套手办。

为此，她发动了身边所有的同学朋友打听手办的下落，愿意高价购入。在这件事情上，帮助陆今悦最多的人是夏圆茜。上次被何欣然利用陷害陆辞之后不久，陆今悦就跟老师申请了调换座位，她的同桌变成了夏圆茜。

每当看到她们形影不离的模样，坐在前排的何欣然总会嗤之以鼻。在她眼里，只有弱者才会想要呼朋引伴，骄傲如她，只想奋力向前奔跑，去追逐更强大的人，所以，她根本不惋惜陆今悦对自己的疏远。

当然，此刻的陆今悦，也不会在意何欣然对自己的态度了。夏圆茜爽朗大方，很好相处，而且她们有共同的爱好——都喜欢看一本少女杂志，在分享对这本杂志多年热爱的过程中，两个小女生渐渐建立了深厚的友谊。

夏圆茜也是从合江二中的初中部考进来的，高中部的大部分同学她都认识，因为一直在积极帮陆今悦打探消息，她们每天在微信上交流进展。到最后，她们把目标锁定在两个人身上，一个是同年级的一个男生，名字叫程悠明；另一个是学校专门租书租碟店的老板，那是一位三十多岁的大叔。

选择一多，陆今悦又纠结了，她一直没考虑好到底找谁"下手"。最后还是夏圆茜爽快地拍板："咱俩一人负责一边不就行了？我去租碟老板那儿问问，你就打探下程悠明那边吧。"

5

这天晚上九点，陆今悦收到了夏圆茜的微信消息，与她交换最新"战报"。因为手机快没电了，陆今悦跑去书房，打开二伯的电脑，登录了电脑版微信。

二伯一般不在家里办公，说得更确切一点，是二伯一般不在家里，电脑只是摆设，而陆辞有自己的笔记本电脑，所以，现在家里唯一会用这台电脑的人，只有陆今悦了。

"租碟老板这两天不在，店门口贴了张告示，说家里有事，明天才会回来。"夏圆茜微微有些失落地说。

"我也打听了程悠明的事情，想要到他的手机号，约他出来谈谈手办的事情，但是好像大家对他都不了解，也没人有他的号码。"陆今悦觉得这个人也太神秘了吧。

"我之前忘了告诉你，程悠明虽然是那种乖宝宝型小学霸，但不知道为什么，身边好像没有朋友，大家都不怎么了解他。那些说他有手办的人，也许只是瞎说，根本不知道真假。"夏圆茜语音分析道，"还是租碟店的老板靠谱一点，认识的人多，而且他以前是个警察，极有可能真的收藏了这套手办。"

被她一说，陆今悦深以为然。

"那我明天就去取钱，不管那位大叔开价多少，我都要买下那套手办送给陆辞做生日礼物！"

"今悦，你对你哥真好，居然把自己未来三个月喝奶茶的钱，全都拿去给陆辞买礼物。"夏圆茜真心道，她发了一个羡慕的表情，"而且，大名鼎鼎的校园一霸居然是你哥，学校里所有的不良少年看到你都要毕恭毕敬，太幸福了吧！"

"唉……我也只是表面风光而已，你不知道陆辞他……"

陆今悦把那天他被陆辞放狗咬的事情一五一十地讲给好朋友听，原以为会得到同情，没想到夏圆茜说道："我觉得应该是你哥知道那只宠物狗不会咬人才逗你的！"

"是那种大型犬！白色的，怎么可能不咬人？虽然我不喜欢何欣然的虚伪，但有一点她说得不错，我哥真不是啥好人。"陆今悦愤愤然地说。

夏圆茜沉默了一会儿，而后丢了张狗狗照片过来，问她："你说的该不会是萨摩耶吧？"

陆今悦定睛一看，立刻道："没错，就是它！我从前在乡下根本没见过这么大的狗。"

她说着，夏圆茜已经笑开了："拜托，你是怕狗所以不了解狗狗，萨摩耶是出了名的温和个性，你真的误解人家啦！当然，也误解了你哥。"

呃……陆今悦被噎得一愣。为了缓解尴尬，她转移了话题，问夏圆茜，如果实在买不到手办，应该送什么生日礼物给陆辞。

"鞋子？衣服？帽子？"

夏圆茜出的主意都被陆今悦一一否定了，陆辞的穿衣风格很奇特，一般人的审美入不了他的眼。至于帽子……之前的家庭聚餐，四婶给几个小辈准备的礼物，就是四顶粉红色的帽子！

陆辞他们看到粉红色的帽子时，心态瞬间崩了，只有陆今悦开心得手舞足蹈。她没告诉几个哥哥，其实四婶在挑选帽子时，问过陆今悦喜欢什么颜色。以前她们挑选礼物全都是买一样的，反正是三个年龄差不多大的男孩子，现在多了陆今悦一个女生，四婶当然以陆今悦的意见为第一。陆今悦笑嘻嘻地说："当然是粉色啊，也给哥哥们买粉色吧。"

四婶犹豫道："粉红色倒是好看，就怕他们男生会不喜欢。"

陆今悦目光狡黠："好多大明星现在都穿粉色，这是潮流。"

最终，温柔美丽的四婶采纳了陆今悦的建议。

陆今悦在微信里把这段对话复述给夏圆茜听，两个人在聊天对话框里发了一堆狂笑的表情包。

门铃响了，是她点的奶茶到了。陆今悦匆匆给夏圆茜发了一句"再见"，关掉微信的对话框，跑出去拿外卖。

端着奶茶和烤翅回到自己房间，陆今悦沦陷在美食里，压根不知道关掉对话框的微信软件，其实还隐藏在桌面右下角。

十点半的时候，陆辞进书房找东西，看见电脑处于待机状态正准备关机，无意间看到了还处于登录状态的微信，然后，他饶有兴致地把陆今悦先前跟夏圆茜的聊天记录全部看完了。

笨蛋。

还是个可恶的笨蛋。

陆辞有很多朋友经常在陆今悦所说的那家店租小说看，那个老板说自己以前是警察，根本就是瞎吹嘘的，他想当警察，但一直没考上。

陆辞眯了眯眼，本想好心提醒一下陆今悦别上当，可听她说的那些话，实在是令人不爽……经过一番天人交战，陆辞慎重做出决定——旁观陆今悦吃哑巴亏。

6

大伯上周在合江二中的主席台上做演讲,大伯母提前在家族微信群里下达命令,几个孩子一起戴上那顶粉色帽子,去给大伯捧场。

直到现在,陆辞都没忘记,自己一个炫酷狂帅的男生戴着一顶很"娘娘腔"的粉色帽子坐在操场上时遭到的嘲笑。光是回顾一下那幅画面,陆辞的脸就够绿好几回的了。他窝进书房的转椅里,把手机丢到一边,想起始作俑者陆今悦,默默咬了咬牙。

傅凛凛打电话过来,说他们一群人在玩儿狼人杀,问陆辞过去玩不。

"不去了。"陆辞捏着手机凑到耳边,换了个姿势继续瘫。

傅凛凛笑着打趣:"怎么,现在家里有一个可爱的妹妹,都不出来玩了?对了,你妹妹说要给你送个生日礼物,跟我打探你的喜好呢,我跟她说了你最想要那套手办,现在的市场价要一千多呢,她对你真慷慨,你们这兄妹爱也太伟大了吧?"

陆辞面无表情地把电话挂了,起身走进卧室,从床底下扒拉出一个黑色纸盒,里面装的正是陆今悦遍寻不着的手办。

当时被父母禁足时,他偷溜出去买了,到手之后很久才无意间从一个帖子里看到,官方根本没有出过手办,那都是经销商为了牟利而编的噱头。

但陆辞怎么可能让别人知道他被骗的事?所以他从没告诉过任何人。

因为上次的李铭失踪事件,他被请了家长,爸妈没收了他这个月的零花钱，导致他手头十分拮据，出去跟朋友吃饭都没有钱。

现在，这套放在床底下蒙尘的手办，终于可以派上用场了。

第二天放学后，陆今悦和夏圆茜如约去了那家租碟店，幸运的是，老板同意交易！

虽然老板开价很高，但陆今悦咬咬牙，还是把那套手办买了下来。本来她想回家就把礼物送给陆辞，但那天晚上，陆辞约了一群朋友去KTV庆祝生日。

回家路上，傅凛凛给她发微信消息，问她来不来。语音里还夹杂着陆辞的吼声："叫她来干什么？她不适合这种地方！"

陆今悦瘪了瘪嘴，讪笑着谢绝了傅凛凛的好意。陆辞干吗那么不欢迎她？喊！本来她也不稀罕去。

到家后，陆今悦把手办放进陆辞房间，并且附上了一张亲手写的祝福卡片，如她本人一般秀气小巧的几个字：**哥！生日快乐！祝你健康平安！**想了想，她又在下面补充一句：**顺利成为警察！**

第二天她醒得很早，家里空荡荡的，二伯和二伯母看起来昨晚都没回来，他们忙到连自己儿子的生日都不记得了吗？

陆今悦有点心疼陆辞，正想着要去给哥哥煮碗长寿面，结果发现，陆辞已经去学校了。

晚上再给他煮面条好了。陆今悦边想着边给陆辞发了条短信，然后准备换衣服去学校。只是，在找衣服的时候，她怎么都找不到自己那件暗粉色的裹胸内衣了。难道晾在阳台上时，被风吹落了？

于是，那天早上，本来不会迟到的陆今悦，因为绕着自己住的那栋楼走了两圈，寻找不翼而飞的内衣，再次迟到了。

这次,老师给她的惩罚,不是让她把扣掉的班分加回来,而是去打扫大礼堂的卫生,因为明天会有一位知名大学教授来学校做演讲。

晚餐休息时间,陆今悦花了一个小时,跟其他因为迟到被罚的同学一起把大礼堂打扫得干干净净。

干完活之后,又累又渴,陆今悦拿起先前买的矿泉水准备喝。不知道为什么,这个瓶盖特别紧,她试了两三次,仍然拧不开,陆今悦白皙的瓜子脸皱成一团,她甩甩手,正准备用尽洪荒之力再试一遍,忽然有人自她头顶把矿泉水抽走了。

陆今悦一转头,看到一个穿着蓝色上衣,长相十分斯文俊逸的男生冲她笑了笑,他手稍一用劲儿,轻轻松松就帮她把瓶盖拧开了。

陆今悦花痴了几秒钟,讷讷地说了一句"谢谢"。

男生笑了笑,双手撑着椅子,一跃坐到课桌上,然后微俯身打量着她的眼睛:"听说,你在打听我?"

陆今悦一脸茫,这位同学你是不是有什么误会?她连他是谁都不知道啊!

仿佛看出了她心中所想,男生又笑了笑,自我介绍道:"我叫程悠明。"

"啊?"陆今悦呆住了。

7

愣了几秒钟,陆今悦才反应过来,程悠明是那套手办拥有者之一。

真没想到,程悠明是个长得如此好看的男生。陆今悦用手揉揉鼻尖沁出的汗珠,默默想着,在他目光中闪烁着笑意的注视下,不知为何,脸颊莫名有点滚烫。

程悠明唇角一弯:"那天下午,你抱着四个很大的鳄鱼抱枕从商场出来,还踩脏了我的鞋,记得吗?"

他印象很深刻,个子小小的女生吃力地扛着四个巨大的鳄鱼抱枕,因为看不清路,她一脚踩上了程悠明的小白鞋。一向有洁癖的程悠明忍不住皱了皱眉,对方似乎意识到自己闯了祸,慌忙连声道歉,声音软糯:"对不起,对不起!"

因为被抱枕挡住了视线,陆今悦没看见程悠明的长相,从程悠明的角度,却能一眼看清少女的五官。

素面朝天,眉眼细小洁净,松软的头发垂在肩上,颊边还有个小小的酒窝,是那种很可爱的好看。

程悠明不是会为难对方的人,他温和地接受了道歉,然后目送那四只鳄鱼抱枕和一双脚飘啊飘地消失在视线里。

前几天他无意中知道,有个叫陆今悦的女生在打听他的事情,他当时一愣,也没放在心上,但同学随手一指操场:"就是那个女生,看起来还挺可爱的。"

正值大课间操的时间,程悠明顺着他指的方向看过去,陆今悦小小一只站在人堆里,还挺醒目的,相对于其他女生敷衍做操的动作,她的认真显得格外可爱。

他一下子想起来了,是那天抱着鳄鱼抱枕,踩脏了自己鞋子的女孩子。

然而今天,在陆今悦打扫卫生时,程悠明三次特意从她面前经过,陆今悦的目光毫无波动,程悠明就知道,这姑娘完全不记得自己,也不知道到底在跟人打听他什么。

陆今悦挺不好意思地解释了几句,她不是在打听他,打听的只是他那里是否有那套手办。

"是这样啊……"程悠明恍然大悟,好心提醒道,"我觉得你应该是被人骗了,那部动漫剧我也很爱看,后来有网友发帖说官方从未推出过手办,官方也出来回应过,提醒大家理性消费。"

陆今悦顿时急了,花了一千五百块钱跟租碟店老板买的手办竟然是假的?这还是次要的,要是陆辞那家伙知道根本没有推出过手办,他却因此遗憾了那么多年,会不会当场气晕过去?

见陆今悦表情这样,程悠明一下子就明白了:"你不会也被骗买了假的手办吧?"

陆今悦顾不得跟他多说,拔腿就往校外的租碟店跑,脚步之快,饶是程悠明一个男生都没追上她,只能眼睁睁地看着她没了踪影。

到了租碟店,老板一见她,眼神有点闪躲,还试图跟她打马虎眼。陆今悦虽然平时看起来娇娇怯怯的,一气急,也顾不得什么形象,拍桌质问老板那套手办的真假。

老板见搪塞不过,只好如实告诉她,有个男生,自称是陆今悦的哥哥，拜托他把这套手办转卖给陆今悦，作为报酬，男生会帮租碟店老板争取到二十个新客户来这里租碟租书。至于手办卖的钱，当然是全部给了那个把手办拿过来的男生。

哪怕老板没说那个男生的名字，但听长相描述，陆今悦也立刻猜到，这个人是陆辞。

想想也是，他那么喜欢那部动漫，怎么可能会不知道究竟有没有出过手办？亏得自己还担心他难过……

陆今悦气得眼泪都快流出来了，她竟然被自己的亲哥哥坑了！

晚上，陆辞破天荒地在六点就回了家，还拎回一杯陆今悦最爱喝的奶茶。

家里灯火通明，客厅里的电视在播放着广告，厨房里还有哗啦啦的水声，陆辞站在门口愣了半响，有一刹那以为是他爸妈回家来给他庆生了。

只是，从厨房里走出来的，是穿着一套粉色睡衣的陆今悦。她手里端着一碗水煮面条，里面还有一个圆滚滚白胖胖的水煮鸡蛋。

小心翼翼地把面条放在桌上后，陆今悦笑着冲陆辞招手："哥！生日快乐！我给你煮了长寿面！"

"什么长寿面？"陆辞嘀咕一声，转身直接朝自己的房间走去，然而，脚步在门口停滞了一瞬间，还是朝着那碗面条走了过去。

陆今悦坐在他面前，双手托腮，眼睛亮晶晶地看着他吃。

第一口下去，陆辞觉得味道还可以。第二口他夹了很大一筷子面条，面条一入口，他直接一口喷了出来。

这碗面条里面至少放了半瓶白醋！

看着陆辞剧烈地咳嗽着去倒水，陆今悦安安静静等他喝完水，然后把面条端起来，全部倒进了垃圾桶，没有多说一个字，没有一个尖锐的眼神，但浑身上下都在散发着愤怒的气息。

陆辞的汗水从紧绷的颈线流下，他眼睛里有幽暗的光，"陆今悦。"他喊她名字，想说点什么，但陆今悦关上了房间门。

陆辞走到垃圾桶面前，盯着那碗面看，同时看到的，还有被丢进垃圾桶的那套手办。

8

陆今悦的愤怒持续了很久，此后几天，不论在哪里见到陆辞，她都目不斜视，对他视而不见。

所有知道这件事的人都以为，陆今悦是因为陆辞骗了她的钱才这么生气，包括陆辞也这么以为。

只是坑了她一点钱而已嘛，无伤大雅的玩笑，至于动那么大的肝火？果然女孩子就是小心眼！他瘪瘪嘴，根本没把妹妹单方面宣布的冷战放在心上。

但陆今悦生气的理由并不仅仅是陆辞骗了她。她永远都没办法忘记，那天，她气急之下跑到陆辞的卧室，将那套手办找出来，打算扔掉时，无意中看到了他抽屉里的兵役登记表格和入伍通知书。

在那张手写的入伍申请书上，陆辞这样写道：我要做军人，考上军校，然后做警察。我要像外公一样，成为英雄，保家卫国，万死不辞。

陆今悦盯着那个"死"字，打了个激灵。

因为接触的时间不长，虽然还说不上对这个哥哥有多么深厚的感情，但看到那个"死"字，陆今悦很久很久都缓不过神来。

她觉得忐忑忧虑，也为哥哥有这样的志向而感到自豪，但又觉得，他不与家人商议，孤注一掷地做出这种决定，未免太自私了。

如此纠结的心境，让陆今悦不知道该拿出怎样的态度面对陆辞，索性避着他。

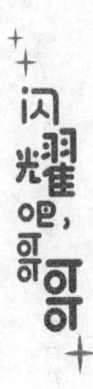

还有更重要的一点是，她不知道，领了监督哥哥学习任务的自己，在这个紧要关头，是应该帮助陆辞隐瞒事实，还是向二伯和二伯母坦白呢?

太头痛了，她烦躁地揉揉头发，把脸埋进柔软的枕头中。

陆今悦哆哆嗦嗦地打开灯,暖橙色的光线洒下来,有种温暖的昏暗,但随即她想到自己脸上的红疹,还是果断又关了灯。

黑暗中,她默默地站了会儿,觉得累得慌,又蹲下来,也不吭声,直到陆辞不耐烦地出声:"你蹲这儿干什么呢?过敏还没好,回房间睡觉!"

陆今悦犹豫了一下,鼓起勇气问:"哥,你不会偷偷跑掉吧?"

第三章

出卖哥哥的梦

1

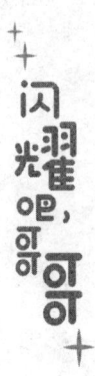

陆辞去当兵的事，陆今悦还没想好应该怎么解决，另一边就来了个更大的麻烦——

班里的生活委员因为阑尾炎住院，需要一位同学暂时代理两个星期，班主任直接将此重任委托给了她。

陆今悦接到"任命通知"时，一脸蒙。

杜老师把用塑料袋装着的一兜零钱从办公桌抽屉里拿出来，"陆今悦，你不是从合江二中的初中部考进来的吧？"

"嗯。"陆今悦点了点头。

"初中在乡下学校读的吧？"杜老师又问。

陆今悦继续点头。

杜老师笑呵呵道："以前当过班干部没有？就算你当过，也肯定不如在我们合江二中当班干部有成就感。"他挺自豪，"你想想，我们学校的学生都是什么样的人，全省的尖子生都在这里！怎么样？感觉怎么样？"

陆今悦很想说没什么感觉，但不好当面违逆老师，于是配合地小鸡啄米似的点头："我们学校可太厉害啦！"

杜老师笑了："行，那你做好心理准备，中秋节马上要来了，要准备给全班同学订购月饼，还有学校很快要举办体育节，你要负责后勤。"

陆今悦琢磨着这件事是不能推辞的，开学以来，她是班上的迟到专业户，如果再不为班级做点贡献，岂不落人笑柄？于是她沉重地点了头。

回到教室后,她蔫蔫地趴在课桌上惆怅,买月饼和做后勤的苦力活倒是其次,从小到大,她是兜里有十块钱都怕丢的人,现在要管几千块钱的班费,她感觉压力山大。

"今悦,你昨晚没睡好吗?从下课到杜老师进教室,只有一分钟的时间,你竟然能一秒睡着……估计杜老师看见全班就你在打瞌睡,所以才故意点名让你当生活委员的。我觉得,他就是想要教训你。"夏圆茜的语气很同情。

"我岂止睡着了,我还做了个梦。"

陆今悦有点绝望,她梦见因为自己没能及时跟二伯母通报陆辞要去当兵的消息,然后他就真的入伍了,还因为是机密,去了什么地方谁也不知道,没过多久,陆辞执行任务时不慎被敌人俘获,坚决不肯投降的他英勇牺牲,消息传回来,全家悲痛万分,陆今悦成了罪人。这个梦起承转合一个环节都不少,极具感染力。整整一天,她都心事重重。

即便如此,陆今悦还是没下定决心去跟二伯母通风报信。成为警察,是陆辞这么多年的梦想,如果这个梦想因为陆今悦而被扼杀,陆辞一定会很讨厌她吧?哪怕这个哥哥凶巴巴的,还坑了她一笔巨款,但在潜意识里,她觉得自己应该要跟哥哥站在同一战线的。

脑子里的一团乱麻纠葛着,陆今悦很想仰天长叹。

何以解忧,唯有奶茶。放学之后,她背着硕大的书包又晃悠到了奶茶店,喝到甜甜的奶茶,才感觉世界重新明媚起来。

到家的时候,陆辞正坐在沙发里玩手机、啃鸭脖。陆今悦欲言又止地换了鞋,欲言又止地绕着客厅转了两圈,在陆辞看神经病的目光中，陆今悦默默地往自己房间走，突然被他叫住："喂。"

她回过头去。陆辞随手一丢，抛了个什么东西过来。陆今悦下意识地伸手接住，是一个饼干盒。

她愣了愣，这……是什么意思？难不成骗走了她一笔巨款之后，他就想用一盒饼干来打破两个人之间的僵局？

但，陆辞下一句话是："找不着垃圾桶了，帮我把垃圾丢掉，谢谢。"

陆今悦打开饼干盒一看，里面果然装的全是陆辞啃过的鸭脖骨头。她白了他的后脑勺一眼，暴力地将饼干盒塞进了垃圾桶。

隐瞒了那么大的一件事，亏他还能吃得下去！

正在这时，二伯和二伯母回家了。两个人难得一起回来，手里拎着大包小包，是给陆辞和陆今悦买的新衣服，说是前两天错过了陆辞的生日，正好明天是周末，一家人出去好好玩一玩。

跟二伯母相处的机会来得太突然，陆今悦暗暗握拳，决定好好筹谋一番。

2

第二天一大早,陆今悦就被二伯母叫醒了,职场精英气质的二伯母今天换上了波西米亚风长裙,看起来颇有休闲度假范儿,她叮嘱半个小时后就要出发,让陆今悦快点起床。

陆今悦打着哈欠,慢吞吞地坐起来摸出手机一看,才五点半,上学都没这么早!

去洗手间洗漱时,陆辞也是昏昏欲睡,兄妹两个还是第一次挤在洗脸盆前同时洗漱,相互对视一眼,感觉有点别扭,又各自往旁边挪了挪。

陆辞有蹲厕所的习惯,一行人足足多等了他半个小时才出发。在路上陆今悦才知道,他们今天并不是特意替陆辞庆生,而是二伯约了生意伙伴谈事情,几家人一起出行,联络感情。

连庆祝生日都是谈工作间隙的顺便之举,陆今悦忍不住有点心疼陆辞。

陆辞有严重的起床气,要是没睡好,整个人就会很暴躁,此刻他眯着眼打瞌睡,对别人说了什么充耳不闻。

陆今悦反身从车子的储物格里掏出一罐可乐,拉开拉环,抬手把那罐可乐递过去:"哥哥,喝可乐吗?"

陆辞半睁着眼看她,女孩子骨架单薄,穿着件很公主风的圆领棉质连衣裙,头发松松垮垮随意扎着,露出的脖颈雪白纤细,看起来像个小朋友。

可这个有时候感觉陌生,有时候又很熟悉的小朋友,是他的妹妹。虽然不算太亲近,但欺负她的时候,又忍不住会愧疚的亲妹妹。

想起自己用手办"骗"了她一笔钱，她也没有大哭大闹，别扭了几天还是甜甜地叫自己哥哥，他不声不响地把可乐接了过来，仰头喝了一口，瞌睡也醒了大半。

有个妹妹的感觉，似乎还不错，陆辞这样想着。

虽然如此，该欺负她的时候，他一点也没手软，二伯和二伯母跟公司同事一起去爬山了，留下一群小孩在山脚下烧烤。陆辞懒得动手，只想坐享其成，陆今悦辛辛苦苦烤的肉要么被他抢走了，要么分给了那些围着她不停叫姐姐的小屁孩。

被烧烤的烟熏得眼泪直流的陆今悦，偶尔抬起头愤愤地瞪一眼坐在树下打电话的陆辞。

秋天的阳光安静又热烈，他的眼角发梢挂上一层光，唇微抿着，不知电话那头的人说了什么，他神情倦怠，微有半分不耐，浑身散发着"生人勿近"的气息。

像是感觉到有人看他，陆辞挂了电话，抬起头望向陆今悦，然后朝她招了招手，示意她过去，很有地主压榨农奴的派头。

陆今悦瞪着他看，看久了，忽然有种很恍惚的感觉，不知道该怎么形容，就觉得没什么实感，她无法想象，现在还坐在她面前的陆辞，马上就要离开家人，奔赴未知的远方。

她将烤架上烤好的最后一串肉拿起，走过去，居高临下地递给他。

陆辞接过来，咬一口，懒洋洋地和她对视："陆今悦，我怎么感觉，你最近几天老是在打量我，怎么，是不是觉得你哥哥我越来越帅了？还是，你在盘算着什么？"

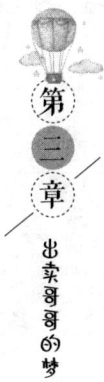

陆今悦心头一跳，差点以为陆辞看出了她发现他要去当兵的事情，假装凶狠地掩饰不自在："别自恋了，你坑了我的钱，还奴役我给你烤肉，我心怀怨恨，密谋怎么报复！"

陆辞咧嘴一笑："那不叫坑，那本来就是你要给我买生日礼物的钱，我不过是拿来花在自己想花的地方而已。"

陆今悦说不过他，气鼓鼓地瞪着他。

今天的食材准备得不多，小孩又来得太多，一直忙碌着没怎么吃东西的她，这会儿感觉有点饥肠辘辘了，偏偏最后一块肉在陆辞嘴里。

肚子咕噜咕噜直叫唤，陆辞听到了，眉头一皱："你没吃东西？"

陆今悦："不是都让你们吃了吗？"她一个女孩子，怎么抢得过他这个土霸？

"蠢。"陆辞极没人情味地吐出一个字。

他往四周张望了下，远处的一户人家里似乎正在办婚宴，正是开餐的时候，屋外的庭院里摆了很多桌子，客人们热热闹闹地围在一起吃饭。

"走。"陆辞朝陆今悦勾了勾手指。

陆今悦好奇地跟上，到了那里，陆辞径直拉着她在还有空位的桌前入座，旁边的人用方言交谈着，陆辞笑了一下，也用方言跟他们寒暄起来，俨然一副跟对方是多年旧相识的模样。

陆今悦全程茫然脸。

陆辞看着她有点呆的表情，嘴角扬了扬："不是饿了吗？吃啊！"

陆今悦茫然地拿起筷子,凑近他,一边小声说话一边朝四周张望:"我们这是要吃白食吗?会不会被发现然后赶出去?"

陆辞看她心虚的样子,不耐烦地抬手在她额头赏了一个栗暴:"乡下地方本来就是摆流水席,多的是空手来吃的,你别贼眉鼠眼的就行!"

陆今悦挨了打,眼中泪花四溅,想想面前的这顿饭是跟着他蹭来的,还是忍了。

这家厨师的手艺不错,都是家常菜,她胃口大开,吃到散席。桌上摆了一盘水煮蛋,大家都说是乡下土鸡蛋,很有营养,陆辞也拿了一个,吃得很香,想起夏圆茜也喜欢吃水煮蛋,离开的时候,陆今悦偷偷揣了两个在自己衣兜里。

"你别丢人行不行?吃了人家的还要打包带走。"陆辞一脸嫌弃。

好像是不太厚道,陆今悦想了想,从兜里掏出两块钱放在桌上。

3

回到家已经是晚上九点了，陆今悦第一时间去拥抱自己的床。

早上起得早，她很快就睡着了，才合眼不到五分钟，冷不丁被二伯的暴喝还有玻璃杯落地的碎裂声给惊醒了。她一骨碌从床上爬起来，赤着脚跑出去看了看，又缩回自己房间里，咬咬牙，把本来要带给夏圆茜的那两个土鸡蛋剥了，狼吞虎咽地吃下。

陆辞的房间里一片狼藉，地上还散落了一地玻璃杯的碎片和纸屑。被撕碎的，是陆辞的入伍通知书。

二伯脸色铁青地咆哮道："谁允许你私自报名入伍的？你眼里还有没有父母了？"

就连一向沉稳的二伯母也是气急败坏的表情："陆辞，我跟你说了多少次，要当警察可以，但你必须给我上大学！你瞒着我们去当兵，太无法无天了！"

应该是之前跟二伯有过拉扯，陆辞衬衫的衣领被扯开了，他靠在墙上，即使是面对父母盛怒的情况，也没有丝毫的惧怕抑或愧疚，反而慢条斯理地整理着自己的衣服，淡漠道："你们说了不算，我的人生我可以自己决定了。"

话音才落下，陆二伯几步过去，几乎没有停顿，巴掌高高扬起，就在要落下去的瞬间，陆今悦哭丧着脸出现在门口，惊慌地喊道："伯母，我好难受……"

陆二伯被她这一嗓子喊得愣住，回头一看，顿时脸色更难看了："今悦！你脸上怎么冒出这么多疹子？"

二伯母也急忙走到她面前问道:"你脸上是怎么回事?哪里不舒服?"随即,她的视线移到她的手上,凡是裸露在外的皮肤,全都泛起了密密麻麻的红疹子,看起来十分可怕。

陆今悦喉头发紧,有点犯恶心,感觉身上巨痒,双手不自觉地开始到处挠痒痒。

陆辞原本做足了要挨打的准备,梗着脖子站着,双目猩红,但此刻也不由得转头去看陆今悦。他以前见过傅凛凛过敏的样子,一看陆今悦这样,眉头一拧,几步过来将她的手拉到头顶:"不许挠,手上有细菌。"

陆今悦像投降一样滑稽地举着手,眼泪汪汪。

"应该是过敏了!去医院!"陆二伯当机立断,换衣服出门去楼下取车,二伯母去洗手间拧热毛巾给陆今悦擦身体,两口子谁也顾不上收拾陆辞了。

一场家庭大战就此偃旗息鼓。

到了医院检查,果然是食物过敏。医生一再问陆今悦,以前有没有食物过敏的经历,陆今悦一边像猴子一样挠痒痒,一边不停地摇头。

过敏源检测还要具体分析才知道,医生给她开了药,叮嘱饮食要清淡,如果过敏更严重了要及时就医,以及最重要的一点,不能伸手去挠身上的红疹。

拿完药离开医院,已经是深夜十一点,一家人又带着一大包药和快肿成猪头脸的陆今悦回家。

全身上下都很痒,她很想伸手去抓,但陆辞一直按着她的手,任由她扭来扭去地挣扎,就是不肯放,也难得地没有不

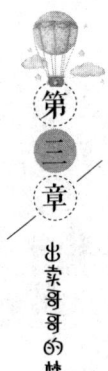

耐烦。

从医院到家里，陆今悦一直低着头，她知道自己现在的样子肯定很丑，她不想让任何人看到这样的自己，哪怕对方是自己的亲人。

二伯又被商业伙伴一个电话叫出去应酬，临走叮嘱二伯母看好陆辞和照顾好陆今悦。关门声响起后，吃了药又用温水洗了澡的陆今悦躺在床上发呆，听到外面虽然明显压低，但还是一清二楚的声音。

"你怎么能擅自做这么大的决定，你以为自己大了，我们就管不了你了是吗？我跟你外婆打过电话了，她说征兵办来家访调查时，是她作为监护人代表的。陆辞，你外婆身体不好，你能不能别仗着老人家对你的疼爱就任性胡来？"

陆辞一直沉默着。

二伯母的语气缓了缓："总之，这件事，我们是坚决反对，你要是真觉得你翅膀硬了，不听父母的，也可以。但你知道你爸的脾气，你要真的偷偷一走了之，就是天涯海角他都能把你揪回来。你听我的，好歹把高中念完，如果你成绩好到可以考入一本的警察学院，我跟你爸完全没意见的。"

"我读书根本不行，你们为什么非要强人所难？从小到大你们也没怎么管过我，现在凭什么来指手画脚？"陆辞声线紧绷，看起来是咬牙切齿说出了这句话。

"没管你？你的衣食住行，哪样不是我们给你提供的？你以为我跟你爸这么辛苦，是为了自己吗？"

后来他们说了些什么，陆今悦再也听不清了，好像二伯母怕吵醒陆今悦，拉着陆辞去了另一个房间。

　　她在床上辗转反侧，过会儿，房门被打开了，陆今悦连忙闭上眼睛，她是以蜷缩的姿势睡的，依稀感觉到二伯母轻轻撩开自己额边的发丝在察看她过敏的情况，然后脚步声轻轻远去了。

　　陆今悦在黑暗中静了几分钟，感觉小腹憋得有点难受，她用小毯子裹住自己，出去上洗手间，经过镜子时，鼓起勇气看了一眼，原本白白净净的脸上布满了红点点，看起来可怖极了。她忧愁地叹了口气。

4

从洗手间出来，陆今悦只看见二伯母房间的灯亮着，好像还在电脑前工作，她张望了一圈，没见着陆辞，结果去阳台上晾擦脸毛巾时，一转身被一团黑影吓了一跳，才发现那人正是陆辞。

他垂着头，在黑暗中看不见表情，但周身气场令人望而生畏。

陆今悦哆哆嗦嗦地打开灯，暖橙色的光线洒下来，有种温暖的昏暗，但随即她想到自己脸上的红疹，还是果断又关了灯。

黑暗中，她默默地站了会儿，觉得累得慌，又蹲下来，也不吭声，直到陆辞不耐烦地出声："你蹲这儿干什么呢？过敏还没好，回房间睡觉！"

陆今悦犹豫了一下，鼓起勇气问："哥，你不会偷偷跑掉吧？"

陆辞愣了愣，垂眼："你管这么多干什么？"

啧啧啧，语气真不好，陆今悦悻悻地闭嘴了，腿有点麻了，她双手在空气中抓了抓，抓到了陆辞的裤脚，然后小手使劲揪着他的裤子，站了起来。

陆辞的裤子差点被她揪得掉下来，他额角抽了抽，这要不是他亲妹妹，他早忍不住抬脚踹过去了！

陆今悦磨磨蹭蹭地要走时，陆辞忽然又开了口："陆今悦。"

"嗯？"黑暗中，一张布满红疹的面孔回转过来。

"我的衣服，怎么会跑到我妈的柜子里去？"

如果不是他妈妈帮他把衣服送回到他的房间，也不会发现他放在衣柜里的行李袋，那行李袋里放了他的证件和入伍通知书。

陆今悦心头一跳，眨眨眼："我不知道啊，我都没收过你的衣服，可能是伯母之前不小心收错了吧。"

陆辞安静了好几秒，很平静地点了下头，漆黑的眼不辨喜怒。

"那我……走了啊……"她咽了咽口水，总感觉这样的陆辞，比那个暴脾气的他，看起来还要可怕一点。

"好。"陆辞说。

其实他挺生气，因为从小到大，他爸妈从没帮他收过一次衣服，以前跟外公住，都是外公在照顾他，教他学会自理，后来外公走了，他回到爸妈身边，都是自己打理自己的生活起居，他爸妈忙起来，连他们的衣服都是他帮忙收进衣柜的。

衣服是谁放进了他妈妈的衣柜，或者说，是故意放进去的，答案不言而喻。可他不能跟陆今悦生气，别的事情可以，唯独这件事不行。

陆辞手机最近的通话记录里，是他打给陆今悦妈妈的电话，他问三婶，陆今悦以前有没有对什么食物过敏。三婶告诉他，陆今悦不能吃鸡蛋，一吃就长红疹。

明明知道自己对鸡蛋过敏，却还吃了两个水煮蛋，并且恰好在他爸爸大发脾气的时候，她带着一身红疹出现了，成功地浇灭了他爸的怒火。陆辞也不知道是该夸这个妹妹有勇有谋，还是该骂她蠢。

想起被他爸撕碎的入伍通知书，他烦躁地"啧"了一声，拳头重重地砸在墙壁上。

5

连续几天，陆今悦一回家就像被狗追赶一样迅速地跑回房间躲着，今天亦是如此。

衣服谁都可能会收错的啊，她应该没有穿帮吧？没吧……没吧……没吧……这句暗示已经在陆今悦心里循环了无数次，她惊魂未定地拍了拍胸口，总感觉如果被陆辞发现是她有意为之，很有可能会直接把她的脑袋拧下来当球踢。

手机在裤袋里振动了两下，她翻出来一看，发现是班级微信群里的全体@信息，体育委员发了两个非常热血的表情包：还有一个月就体育节了啊！谨遵班主任的指示，大家要为班级荣誉踊跃出征，每个人必须报名至少一个项目！请大家提前练习一下。

陆今悦"啊"了一声，正琢磨着自己能报名什么项目，又看见杜老师在群里发了一条通知。

十月底体育节将举办开幕式，学校要求每班都要出节目，到时候会进行评奖，我们班打算准备一个啦啦操表演，请班长和体育委员组织全班女生每天放学后练操半个小时。另外，马上就中秋节了，请生活委员为大家订购好月饼。

陆今悦刚看完，很快就收到了夏圆茜的私聊：心疼你，感觉你会很忙很累，赶上事情最多的时候代理生活委员。

不是我，也会是别人，就当为人民服务了吧。陆今悦倒是想得开。

夏圆茜在那边犹豫了一下，最终还是决定把这件事告诉陆今悦：我听说……我先声明，不是我乱嚼舌根，是我在其他班的一个好朋友，她负责打扫办公室卫生，然后她亲耳听到的。你会被杜老师直接指派暂代生活委员，是有人跟杜老师建议的，本来杜老师觉得应该让男生来当会好一点，但那个人说，你性格好，很适合，而且……

陆今悦有点错愕，追问夏圆茜下文。

而且她跟杜老师说，反正你学习成绩不太好的样子，这样即使当了生活委员，也不会影响我们班的整体成绩。

夏圆茜说完，又问：你想知道那个人是谁吗？说出来，你一定不会意外！

她这样一说，陆今悦就不难猜到是谁了，能够在杜老师面前有分量提议班干部人选，而且深得杜老师信任的，只有班长何欣然。

可是她想不明白，为什么何欣然对自己怀有这么大的敌意？之前在她那么想跟她做朋友时，冷淡对她也就算了，后来又利用她陷害陆辞，现在又借由生活委员的事情来压榨她。

是可忍，孰不可忍？

陆今悦从来不是任由人欺负的傻白甜，她想了想，给夏圆茜回复：等期中考试时，我要打败何欣然。

夏圆茜乐了：你也就想想吧。分班考试时，陆今悦的成绩是倒数第六，何欣然是班级第二名，这差距不是一般大。

陆今悦回了一个气哼哼的表情包，感觉脸上有点痒，还有零星的红疹没有消退，她不敢伸手去抓，怕抓破了会留下疤印，于是电脑都没关就跑去洗手间，再度用毛巾擦脸。

陆今悦看着镜子里的自己，还好那些疹子消得快，不然在学校遇见程悠明该怎么办啊?

呃,怎么会想到他呢……陆今悦赶紧晃了晃头,把那张脸晃出脑海。

6

周日，陆辞去了他外婆家里，没有回家。根据陆今悦这几天的观察，好像陆辞已经平静地接受了不能入伍的事实，没再闹出别的动静。

二伯母也说，她和二伯跟征兵办反映了情况，家长不同意陆辞入伍，他已经不太可能再去当兵了，但陆今悦还是趁着早自习放学的空当跑去陆辞的班上，鬼鬼祟祟地偷窥他有没有在教室里，就像生怕他跑了一样。

结果她没看到陆辞，却被他的一群朋友热情地叫进了教室，他们还把她领到了陆辞的座位上，告诉她陆辞刚刚被老师叫去办公室了。

大家对陆辞的妹妹都十分好奇，而且陆今悦乖巧可爱，跟陆辞那种痞帅狂躁的范儿太不搭了，实在不像是兄妹，于是都好奇地跟她搭话。

还有男生笑嘻嘻地说："陆辞、陆雨蒙和陆观澜三兄弟都有一米八左右，他们的妹妹却这么矮？基因突变了吧。"

因为身高而备受屈辱的陆今悦："……"

被一群男生围着，像看猴一样，她感觉十分不自在，可是没等到陆辞回来，又有点不放心，好在凑巧从外面经过的傅凛凛及时扒开人群进来，拯救了她。

"你们老盯着人家看干什么？都给我走开！"傅凛凛是个很有气势的女孩子，又这么漂亮，男生们开玩笑说她是老鹰护小鸡，但也很给面子地散开了。

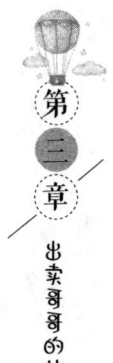

陆今悦模样可爱地叹了口气："谢谢你啊，他们都好热情，我实在招架不住。"

"别搭理他们，都挺不正经的一群人，跟陆辞一样。"傅凛凛跟陆辞一群朋友都是老交情了，太了解这些人的德行。

她从陆辞的桌洞里掏啊掏，掏出一个草莓图案的发箍，笑眯眯地说："你看！这是我给你买的，周末逛街的时候看到这个，觉得很适合你就买了，本来拿给了陆辞，想叫陆辞带给你的，正好你来了！"

"啊？"陆今悦推拒着不接，结结巴巴，"这……我……"

"什么你啊我的。"傅凛凛晃晃脑袋，扬起眉毛，"这玩意儿不适合我的气质，你不要，我只能扔了。"

陆今悦想了想，十分害羞地接受了美少女的礼物："谢谢。"她决心也要给傅凛凛准备一份礼物。礼尚往来才是朋友嘛！

问过陆今悦前来班级的理由，傅凛凛很善解人意地说："你哥想去当兵，老师把他叫去办公室批评教育了，课间十分钟不见得能回来，你要是有什么事，我帮你转告他就是了。"

虽然是笑着，但陆今悦总觉得她的笑容里有点幸灾乐祸的意味，看得出来，他们是很好的朋友。

她跟傅凛凛诉苦："陆辞爸妈为这事也发了很大的火，我就是担心他一时冲动，做出什么过激的事情来。"

"你多虑了，小可爱。"傅凛凛摆摆手，"陆辞虽然看起来很不正经，经常挨批评，但他从来没做过什么真正意义上的坏事，他行事有自己的原则，自从他跟学校的问题学生混在一起，那些家伙都跟着收敛了不少。再说了，他也十八岁了，做事情会考虑后果的。不过我总觉得，陆辞的心态就不对，不喜欢读书，对功课还有点自暴自弃，很久以前就打算入伍当兵，从部队里晋升成为警察，而不是努力学习考上警察学院，也不知道是谁给他灌输的这个观念。"

　　要上课了，陆辞还没回来，陆今悦走的时候，傅凛凛笑靥如花地冲她挥了挥手："今悦，你想要了解清楚，就亲自去问问你哥哥吧，听说你们兄妹从小不是一起长大的，趁上高中这段时间，多多培养兄妹感情啊，我好羡慕你能有这么多哥哥呢。"

　　陆今悦若有所思地点了点头。

　　先成为军人，再做警察，到底陆辞有什么非这样做不可的理由呢？其实，除了探究陆辞心里的秘密，她还有其他更多要做的，陆辞不能入伍了，他还能坚持这个当警察的梦想吗？二伯母之前说，除非陆辞能考上一本大学的警察学院，才同意他去做警察，他的成绩这么不好，考上警察学校一定很有难度。

　　但他怎么也要考个大学吧，陆今悦决定，还是得想个办法，说服陆辞好好学习，不能再这么虚度下去了。

7

周一上午的大课间,高一高二全体学生去操场参加每周惯例的升旗仪式。

升旗仪式进行到第五项时,升旗台上,主持人对着名单念:"下面请高一(8)班的何欣然同学做国旗下的讲话。"

念完主持人就下去了,底下掌声却经久不息,甚至夹杂着欢呼和口哨声。陆今悦本来在小声跟夏圆茜讨论着应该给运动员们准备哪些补充能量的食物,听到动静不由得抬头,远远看到升旗台上的女生,扎着高马尾,穿着白色校服,浑身上下散发着自信的气质。

不管何欣然对自己做过什么,陆今悦都不得不承认,她真的是一个优秀的女生。上个星期,何欣然还代表学校去参加了全国中学生英语能力竞赛,拿了二等奖,而最让人惊诧的是,何欣然已经背完了整个高中三年需要记忆的英语单词,远远超过同龄人,这才能够得奖。

虽然她们没办法成为朋友,还有小过节,都不妨碍陆今悦欣赏她的努力进取和优秀卓绝。

她也想成为这样闪闪发光的人。

这周升旗仪式的主题是"加强体育锻炼,铸就健康体魄",何欣然拿着话筒开始发言,刚开了个头,校园广播里突然放了一首欢快的《两只老虎》,底下所有的学生都忍不住笑了。

何欣然顿时脸色涨红,举着话筒尴尬地站着,学校领导脸色也有点难看,但那音乐声很快就停了,似乎只是有人不小心放错

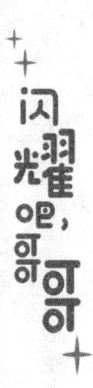

了而已。

　　短时间的沉默，何欣然再度对着话筒开始说话，只是，她声音一响起，《两只老虎》又唱起来了，她声音一停，歌声也停了。这就很明显是有人在恶作剧了。

　　同学们狂笑不止，高一（8）班的人也在笑，虽然何欣然是自己班班长，可是这样的场景实在太喜感了，杜老师的脸上有点挂不住，一个劲地喝止大家。很快，有领导跑去广播室查看情况，又脸色难看地回来了，似乎没逮到到底是谁在捣乱。还好后来没再出现这样的情况，何欣然就在一种极度尴尬中，完成了自己高中阶段第一次国旗下的发言。

　　虽然陆今悦仍然不怎么喜欢何欣然，但看到她回到教室后一直在哭，忍不住也在心里谴责那个恶作剧的人。不管怎么说，女孩子都是要面子的，大庭广众之下让她这么难堪，这也太过分了吧？而且何欣然是追求完美，喜欢较真的性格，可能会永生难忘这个耻辱。

　　夏圆茜却很高兴，因为晚间休息时间，她们在练习啦啦操时，何欣然因为心情还未平复没有出现。

　　"她要是在，肯定又要对我们指手画脚，不是我说她，真的太吹毛求疵了！"说这话的时候，夏圆茜很夸张地拍了拍胸口，一副很怕的表情，把陆今悦给逗笑了。

　　不过练了半个小时的啦啦操，陆今悦就累出了几身汗。她小时候没学过舞蹈，跳起来有点跟不上节奏，非常吃力。啦啦操的最后一个动作是劈叉，然后双手高高将彩球举起。陆今悦虽然肢体不协调，但是身体柔软，出乎意料地劈叉成功了，再然后……

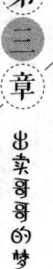

她就听到了极轻微的撕裂声。

裤裆破了。陆今悦呆在原地，背上开始冒冷汗。

因为这两天突然降温，学校下了指令，从本周起，升旗仪式必须穿着全套秋季校服，陆今悦把自己领回来就一直没穿过的校服裤穿上时，就感觉有点紧，可能是最近奶茶喝得太多长胖了，本想将就着穿一天，没想到这会儿它居然直接罢工了。

幸好大家都沉浸在努力劈叉的状态中，没有人发现，陆今悦一双小短腿悄悄在地上挪动，缓缓收拢，改成蹲下的姿势。

离上晚自习还有五分钟时，体育委员终于下令解散，夏圆茜急着去洗手间，完全没有注意到陆今悦的求救眼神，一溜烟儿跑了个没影。

陆今悦想找个人帮忙，但那句期期艾艾的"我裤裆破了……"她实在是不好意思讲出口，一犹豫，周围的人走了个精光。

她只好咬牙站起来，随着她的动作，本来就撕裂的破洞裂得更大了，陆今悦崩溃地捂着屁股，小步小步地往教室的方向去。8班的教室在三楼中段，后门处有个楼梯，一般经过的人很少，陆今悦果断选择了那条路，但快到教室拐角处的楼梯时，她猛然顿住了脚步……

似乎听到了何欣然愤怒的声音。

"我知道是你在广播室！我去门卫室调看了监控，升旗仪式的时候，门口的摄像头拍到只有你进了广播室。如果我坚持要追究这种事，让学校领导也去调看视频，你觉得你会有什么下场？"

"那又如何？我又不怕。"回话的是个男生，声音很耳熟，像是……陆辞？

"陆辞，你为什么要这样对我？"

何欣然质问的声音里还含着些许委屈，陆今悦不由得好奇地往前挪了一小步，果然看到陆辞那张酷酷的脸。

他似乎打定主意不想理何欣然，抬脚要走，但何欣然不甘心地想要伸手去拉他，身体失衡，脚下踉跄，一下子跌进了他的怀里。

从陆今悦这个角度看过去，那两个人的姿势完全就像是在拥抱。陆今悦惊呆了，她把头往后一缩，戳在原地，进退不是。正在踌躇间，耳边传来一道带着疑惑的男声："你怎么站在这里不走？"陆今悦吓得一个激灵，回头一看，是程悠明。

不知道为何，她的脸"唰"地就红了。

"不好意思，吓着你了吗？"程悠明很抱歉地咧嘴一笑，阳光又帅气。

陆今悦正想说话，身后的陆辞似乎听到了这边的动静，拔腿走了过来："谁在那里鬼鬼祟祟的？"

陆今悦很想转身就跑，可是……她的裤裆破了啊！难道要让这位才第二次碰面的男同学欣赏她穿开裆裤的场景？

往前是悬崖，往后有猛虎。陆今悦惊恐交加，陷入了前所未有的窘境。

有时候，在遭遇委屈的时候，即便咬紧牙关忍得再好，但只要有人问候一下，关怀一下，眼泪就怎么都止不住。

深秋了，长风拂过，树叶哗哗作响，街灯洒下柔和的光芒，气质各异的几个男生围着一个女生，脸上都是关切的神情，而女生垂着眼，睫毛上挂着水珠，因为痛哭，脸上湿漉漉的，几个哥哥各自摸了摸身上，发现都没带纸巾，其中一个粗鲁地拿手去抹，却被女生挥开。

第四章

长风拂过，温暖定格

1

陆今悦一回教室就看见夏圆茜在朝她疯狂招手。

晚自习前的半个小时是听力时间，一向是由英语老师和班主任守着他们，但这一周轮到他们班的英语老师给全年级播放听力，不在教室，而杜老师不知道为什么也不在。

已经迟到了五分钟的陆今悦心中窃喜，提了提身上又肥又长的校服裤，镇定地走过去坐下。

早已经回教室的何欣然微微侧过头，朝陆今悦看了一眼，目光有点复杂。

陆今悦感觉到了何欣然的注视，但她没有抬头，从桌洞里往外抽出听力试卷时，夏圆茜凑过来，像是听到了什么神奇的八卦一样，两眼冒着光，极其兴奋地看着她。

陆今悦皱了皱鼻子，想起她裤子破了准备向夏圆茜求助，而夏圆茜跑得比兔子还快的行径，忍不住控诉道："先前练完啦啦操，你跑那么快干吗？"

"人有三急。"夏圆茜嘿嘿笑，借着广播里听力的掩护，表情神神秘秘地转移话题道，"今悦，我刚刚仔细研究了你这一周的星座运势，看起来你最近……很不妙啊！"

陆今悦大惊失色。

夏圆茜继续道："星座运势说你这周会有一段脸红心跳的刺激经历。"

陆今悦"啊"了一声，想起刚刚在楼梯口发生的一切。

在陆辞和程悠明同时盯着自己时，她自暴自弃地蹲在地上，大喝一声:"我裤子破了!你们都别过来!"

两个大男生同时呆滞了十秒钟。

听力训练的铃声响起,依照惯例,邓主任马上就会来教学楼巡视纪律,这个时候要再去跟其他女生借衣服遮掩也来不及了,穿了一套球服刚打完球回来的程悠明,试图把自己套在外面的校服裤脱下来给陆今悦将就着穿一下,却被陆辞霸道地阻止了。

他让陆今悦转过头去,然后把自己的校服裤脱下来给陆今悦穿,又抢了程悠明的裤子准备穿上。

就在这时,走廊的转角响起一阵脚步声,还有邓主任吆喝一个打扫卫生的学生快点回教室进行听力训练的声音。

陆今悦顿时头皮一麻。

千钧一发之际,陆辞推了她一把,让她跑下楼从下一层绕回教室。

于是随后,十几摄氏度的气温里,只穿了一件背心和球服裤衩的程悠明,以及校服裤穿到一半,还有一条光溜溜的大腿裸露在空气中的陆辞,跟邓主任狭路相逢。

三个人,六目相对,各自表情都有点复杂。

回忆刚刚发生的一连串事情,陆今悦心想,这星座运势有时候还是很准的,她今天傍晚的确过得刺激,而且是很刺激。

夏圆茜的八卦之魂还在熊熊燃烧:"今悦!赶紧把你现在脑海里出现的第一个名字告诉我,我最近在研究塔罗牌,我帮你测算一下,你们本周能不能发生浪漫邂逅。"

陆今悦吞了吞口水:"杜老师。"

夏圆茜充耳不闻:"别闹,快跟我说说。"

陆今悦默默地拿书挡住自己的脸，小声道："杜老师站在你身后……"

放学后，撕裂了好大一道口子的校服裤被陆今悦带回了家，想扔掉吧，可下次升旗仪式就没裤子穿了，临时去补订大一码的校服也来不及；不扔吧，看到它就伤心。

她随手把裤子丢进洗衣机里，还没想好怎么处置它，四婶带着一堆好吃的来了。四婶今天正好空闲，想着陆二伯两口子整天在外面忙工作，家里没人做饭，陆今悦和陆辞两个孩子整天都是吃食堂和外卖，于是特意做了蒜苗腊肉、粉蒸肉、酸辣鸡杂、板栗烧鸡这些菜送过来。

担心陆辞会欺负女孩子，四婶十分周全地把菜平均分成两份，然后趁陆今悦和陆辞在餐厅里吃得胃口大开时，去打扫了家里的卫生，又把洗衣机里的脏衣服洗干净晾晒了才离开。

陆今悦吃得津津有味，还不忘把自己冥思苦想许久的学习计划宣告给陆辞——每天早上起来，先背十个单词再去学校，晚上回到家，陆辞必须跟自己一起在书房里写一个小时的作业。

话题转了又转，她终于含蓄地问起，上次他跟何欣然在楼梯间拉拉扯扯是怎么回事。

陆辞低下头，陆今悦嘴巴里还叼着个鸡腿，注意到他看过来的视线，也仰起头来看他。

他没有回答她的问题，而是眉梢一挑，反问道："你跟程悠明很熟吗？"

冷不丁听到这个名字从陆辞嘴里蹦出来，陆今悦竟然诡异地又脸红了，她立刻低头掩饰自己的不自在，划清界限道：

"就……只是见过两面。"

陆辞瞥她一眼，似笑非笑："真的吗？"

"真的真的！"陆今悦扒拉着饭粒，几乎快把脸埋进饭碗里了，也不再提何欣然的事情。过了很久他去打游戏了，她才突然反应过来……可恶！又被他转移了话题！

那天晚上，兄妹两人把四婶带来的，本来应该是两日份的菜肴吃了个精光。四婶做的饭菜虽然好吃，但半夜还撑得睡不着觉时，陆今悦才意识到自己很有可能一顿饭又吃胖了两斤。

2

隔天放学路过一家超市,她进去试了一下电子体重秤,来合江不到一个月,她已经胖了六斤!

但这还不是最沉重的打击。做完大课间操,陆今悦在人群中东张西望,好不容易捕捉到程悠明的身影,立刻跑过去跟他打招呼。

她走起路来有种神奇的跳跃感,尤其是走得快的时候,人直往上一蹿一蹿,像只蹦蹦跳跳的小兔子。

程悠明一看见她就笑了:"你好啊,陆今悦。"

陆今悦挺腼腆:"那个……上次的事情,谢谢你了,没给你带来困扰吧?"虽然后来从陆辞那里知道,陆今悦穿着陆辞的裤子跑了之后,邓主任误会陆辞强抢同学的裤子,把他狠狠训了一顿,放过了程悠明,但她还是很不好意思。

程悠明微笑道:"没有,把我当朋友的话,就不要放在心上,而且,我很乐意你以后有事麻烦我。"想起她当时裤子破了,扭扭捏捏地不好意思说,最后狼狈成那样的样子,他有点心疼。虽然认识没多久,但他真的希望自己能够成为陆今悦敞开心扉对待的朋友。

几乎没有什么朋友的程悠明,居然把自己当成朋友?陆今悦眨眨眼,感觉心脏似乎猛跳了两下,十分开心地点了点头。

"对了,能不能告诉我你的手机号?"陆今悦十分害羞地提出了请求,说不定,她还可以通过这个手机号搜索到程悠明的微信号呢。

"我……我不用手机的。"程悠明倒是给出了一个她意料之外的答案。

这是拒绝给出手机号的借口吧,陆今悦感觉自己的小心脏碎了。

程悠明班上一个胖胖的女生走过来,说快体育节了,她要参加丢铁饼比赛,问程悠明能不能教她技巧。

"对不起,我也不会。"程悠明看了一眼陆今悦,很直接地拒绝了这位胖女生。

胖女生失落地走了,那个略显壮硕的背影看在陆今悦眼里,竟有种感同身受的悲伤。

程悠明对这位女生好冷淡,是因为对方胖吗?可是她都胖到撑破裤子了……程悠明不肯给她手机号,也是因为她胖吧?他该不会心里其实也很讨厌自己吧?

陆今悦生平第一次自卑了。

痛定思痛,陆今悦发了一条朋友圈,信誓旦旦地宣称从今天开始要减肥,杜绝甜品和奶茶。上完一上午的课她拿起来再看——

她爸妈不赞同地说她还在长身体,减什么肥?陆观澜高冷地给她点了个赞。终于找回了微信密码的傅凛凛评论了几个笑脸:小可爱,你才不胖。夏圆茜:加油!!!

总体来看,评论里还是充满善意的。

只有陆雨蒙毒舌道:是要减肥了,校服裤那么结实的布料都被你撑破了,明年你住我家来,我怕床都会被你压垮。

陆辞这个大嘴巴!怎么什么事都跟别人讲?

晚上回到家,她义正词严地警告陆辞,校服裤事件,禁止再跟任何人说,即使是家里的长辈也不行。

陆辞"哦"了一声,油腔滑调地嘲讽她:"你觉得我有那么无聊,会把力气浪费在跟人八卦这种事情上?"

也有道理。陆今悦抬起头来,看着他:"那陆雨蒙怎么会知道这件事?"

最可气的是,陆雨蒙在评论里说了那句话,他们的共同好友,整个陆家的大大小小都知道了这件事,家族微信群里充满各种善意的安慰。陆今悦感觉自己以后都要抬不起头做人了。

那件事只有她、陆辞、程悠明知道,不是他,总不可能是程悠明说出去的吧?那么温和又那么帅气的男孩子,不可能是个长舌妇,陆今悦拒绝猜测这种可能性。

所以,一定是陆辞说出去的!陆今悦没发觉,自己在心里竟然悄悄地偏袒程悠明,而不是自己的哥哥。

陆辞没好气道:"我怎么知道!"

莫名其妙遭到一只平常看起来很乖顺的"小猫咪"的指责,陆辞十分不爽,他站起身打开冰箱准备拿水喝,意外地发现了四婶送来的饭菜还有剩余,是昨天他们还没开吃之前,陆今悦就偷偷留了一碗,用保鲜袋装好了放进冰箱里。

陆辞刚从武馆回来,正饿得厉害,立刻毫不客气地把菜端到桌子上,风卷残云般地吃起来。陆今悦急了,跑过去要阻止他,这时候,四婶在群里发了一张照片,是陆今悦的校服裤,四婶用缝纫机修补好了,而且完全看不出缝补过的痕迹。

她这才知道自己误会了陆辞,一定是四婶昨天在收拾洗衣机时，发现裤子破了，带回去帮她修补，被陆雨蒙发现了。因为愧疚，看到陆辞大口大口地吃着她特意留了一半的饭菜时，陆今悦眼巴巴地流口水，饥肠辘辘，却不敢理论。要知道，为了回家吃四婶做的菜，她没跟夏圆茜在学校食堂吃晚饭，特意饿着肚子回家的。

"你最近不是要跳啦啦操吗？还说要减肥，不能吃多了，这些我帮你吃。"陆辞一脸"我是为你好"的无耻表情。

陆今悦要落泪了，咬牙切齿道："你真是个好哥哥！"

陆辞露出一口白得过分的牙齿："过奖了。"

3

转眼到了国庆长假,陆今悦本来想回一趟弥林镇,可最近二伯母一再打电话给她,侧面打听陆辞最近的学习情况,知道陆辞虽然没再提起要去当兵的事情,但在学习上完全破罐子破摔之后,忧愁地叹气。这样下去,别说考上警察学院了,陆辞就连上一所普通大学都成问题。

陆今悦十分惭愧,觉得自己一点忙都没有帮上,因此经过一番天人交战,还是决定留在二伯家里,好好督促陆辞复习,给他成为警察的伟大梦想添砖加瓦,做出自己的微薄贡献。

既然打定了主意,就要付诸行动。接下来的时间,陆今悦一直阴魂不散地跟着陆辞,他在房间做俯卧撑的时候,她就拿着一本书站在门口摇头晃脑地背单词;他吃饭时,她就拿一本物理书摆在餐桌上。

他一出门,她立刻喋喋不休地盘问他要去哪里,甚至在他蹲厕所的时候,陆今悦都鬼鬼祟祟地在门口等着,只差没把"学习"两个字刻在自己脸上让他时刻看到。

陆辞回想之前他为了不让陆今悦发现自己每天蹲半个小时马桶,还特意关掉了她的手机闹钟,现在觉得简直是多此一举。他一个男子汉大丈夫,以及家族长孙的尊严,简直荡然无存!

逼急了兔子也会咬人,更何况是暴躁的陆辞。有天早上,陆今悦醒来,听到了陆辞关门的声音,似乎是出去了,她立刻从床上一跃而起,不顾身上穿着睡衣,要跟他一起出门。

然而,无论她怎么拧锁,都打不开防盗门,显然是陆辞从外面反锁了。

陆今悦简直要气成河豚！他把她反锁在家里，她今天吃什么？外卖也送不进来啊！正掏出手机准备给陆辞打电话，刚好看到他发来的微信：你今天的口粮在茶几上，好好看家，妹妹。

陆今悦回头一看茶几上堆放的三桶泡面，恨不得当场把它们砸到陆辞头上去。

好不容易熬到国庆假结束，一开学，杜老师就在班上宣布十一月初要进行期中考试。

陆今悦存了要在学习上跟何欣然一较高下的心思，课间也不跟夏圆茜一起看课外书了，一门心思做题、背单词；晚餐之后还要跟班上女生一起练习啦啦操，每天走路都带风，十分忙碌。

除此之外，陆今悦还肩负一个重任，这周日是中秋节，她作为代理生活委员，得给全班同学订购月饼。

想到这件事，陆今悦在家里翻箱倒柜地寻找杜老师交给她的班费，上次领回来之后，它就藏进了衣柜最底部的塑料袋，找到后，她揣着班费去了合江市特别火的一家名叫柔软烘焙的甜品店。

这家店的生意果然很火爆，陆今悦排了两个小时队，好不容易轮到她，正要下单时，没想到烘焙店的后厨忽然蹦出一道人影，然后以极快的速度一猛子扑过来。陆今悦吓得差点喊出声来，定睛看着这个脸上糊满面粉的短发女生，迟疑道："傅凛凛？"

傅凛凛笑眯眯道："是我。"

她十分热情地拉着陆今悦参观柔软烘焙的厨房。陆今悦这才知道，原来这家在合江市已经有了两家连锁店的烘焙店是傅凛凛家里开的。

店里生意好，傅凛凛妈妈整天忙碌，所以把傅凛凛拘在后厨写作业，她作业没写几个字，倒是蹭了一脸面粉。学习这种事对傅凛凛而言，难如登天，看到陆今悦出现，她像看到了救星。

"来，你把你要买的东西告诉我妈，过两天让我们店里送蛋糕的师傅直接送到学校去，我带你去看陆辞打拳。"

看到傅凛凛对自己猛眨眼，陆今悦先是错愕了一下，随后意会，对傅凛凛妈妈说道："阿姨，我找傅凛凛有点急事，您能不能放她一会儿假？"

傅凛凛的妈妈是个很精明的女人，她的视线在傅凛凛跟陆今悦之间来来回回，狐疑地问："什么急事？"

"就是……我那个叫陆辞的朋友，他……出车祸了！这是他妹妹，我们得赶紧去看他！"傅凛凛一本正经地胡说八道。

陆今悦目瞪口呆。

孟阿姨见过陆辞，对那个气质桀骜的男生没什么好印象，但碍于是女儿的朋友，而且是车祸这么大的事情，当即就允了。

为了装作很急切的样子，陆今悦在征订单上用铅笔匆匆勾选了自己要买的东西，草草签下名字和电话号码，然后就被脸都没洗的傅凛凛拉着，风一样地跑了。

其实陆今悦早就想看看能让陆辞天天泡在里面的武馆了，当然，她更想来认认路，便于以后能随时把陆辞叫回家去好好写作业。

到了之后发现，武术馆为了招揽学生，做了一个活动，今日免费教学，学个一招半式，到满意为止，而陆辞则是负责教学的老师之一。

顾客大多数是小孩子，而陆辞的气质有点凶，不苟言笑，愿意跟他学的孩子不多，陆今悦和傅凛凛进入场馆里面时，看见的就是陆辞跟一个身形庞大，十二三岁的男生面对面站着。

那小男生实在太胖了，陆辞教得实在很爹毛，忍不住吼了一句，直接把小胖子吓得哭着跑了，把陆今悦和傅凛凛笑得相互扶着对方才勉强站稳。

两个人笑嘻嘻地朝陆辞走过去，他随手扔在地上的手机屏幕亮了，是何欣然的来电。

陆辞接起电话，一脸不耐烦的表情，语气刻薄地挖苦了几句。

傅凛凛一只手搭在陆今悦肩头，很不屑地跟陆今悦说道："何欣然诓骗你们班主任让你当生活委员，你哥上次为了你，特意在升旗仪式的时候，教训了她一顿，没想到这会儿她还好意思厚着脸皮跟你哥打电话，这不是主动找虐吗？"

陆今悦一愣："陆辞怎么知道这事？"

虽然陆辞帮她出头，挺值得感动的，但何欣然的事情，她只跟夏圆茜在微信上聊过，为了不造成不良影响，她们在班上跟何欣然也没起冲突，所以应该没人跑去跟陆辞打小报告才对啊！

等等……好像有哪里不对！她瞪大眼睛："陆辞是不是偷看了我的微信聊天记录？"她似乎每次聊完微信，都没有关电脑，如果电脑版微信也没有退出的话……陆辞肯定都看了！

傅凛凛无辜地眨眨眼："我什么都没说。"

那边，刚挂了电话的陆辞被武馆师父叫去帮忙了，她们两个人翘首等待了很久都没见着陆辞的人影。

傅凛凛的心情倒是丝毫没受到什么影响，她立刻改变计划，拉着陆今悦去玩了密室逃脱，直到太阳下山才回家。在公交车站一边喝奶茶，一边等公交车时，陆辞来电话了。因为在吃东西，傅凛凛开了免提。

电话那头，陆辞的语气幽幽的："傅凛凛，我刚去了你家的烘焙店，听你妈妈说，你跟我妹妹告诉她，我出车祸了？"

"噗——"正在喝奶茶的陆今悦差点一口奶茶把自己给呛死，并引发了一阵惊天动地的咳嗽。穿帮了，回家肯定要被训斥。

傅凛凛俏丽的脸也黑了。

4

过完周末就是中秋节，几家人再度齐聚在陆四叔家里，跟很久未见的爸爸妈妈、奶奶一起过节。

这个节日过得其乐融融，隔天返校上课时，陆今悦心情一直很好。柔软烘焙的月饼在早上八点十分准时地送到了合江二中门口，她身为全校差生的第二领导人，很有权威地指使李铭和几个男生去把一整箱月饼抬回来。

只是，在众人的瞩目中，陆今悦打开纸箱，一下子就傻眼了。

这根本不是月饼，而是一箱粽子！

"搞笑吧，中秋节谁吃粽子啊！"有人嚷嚷一句，其他人也有意见了，纷纷议论起来，大家望向陆今悦的眼神中，都带着谴责。

难道是那天跟傅凛凛走得匆忙，她跟孟阿姨报商品代码时，不小心说错了？站在讲台上的陆今悦有点心虚，有点懊恼，很内疚地跟大家道了歉。

是她迷糊办砸了事情，哪怕挨大家骂，用自己的生活费来赔偿班费，她也认了。

事已至此，即使再怎么责怪陆今悦，也于事无补，而且大多数同学也不是那么过分的人，对大家来说，也就是吃的东西从月饼变成了粽子而已。

夏圆茜站起来大声说："哎呀，没关系啦，中秋节在家里吃了这么多月饼，都腻味了，现在再吃个粽子，感觉一下子过了两个节！"

她这么一说，有几个女生善意地笑了，主动走过来拿粽子，其他人见状，也跟着过来了，僵硬的气氛瞬间变得活跃起来。陆今悦本以为幸运地大事化了了，可偏偏有人要咬着这件事不放。

晚间练完啦啦操回教室，杜老师十分严厉地批评了陆今悦工作的失职，并且责令她给班上同学再买一次月饼。

这话一说出来，不止本来心情就一直很低沉的陆今悦，其他同学都觉得过分了。

"老师，没必要这样吧，同学们都不计较了。"夏圆茜腾地站起来，替陆今悦抱不平，都顾不得要尊重老师了。

杜老师的脸色有点难看："做错事情，就要承担责任，陆今悦，你觉得呢？"

陆今悦站起来，愧疚地低下头："您说得对，我知道了，老师。"

自始至终，坐在前面的何欣然都没有抬头。

下课之后，夏圆茜拽着陆今悦非得去找杜老师理论，但杜老师一句话就堵得夏圆茜哑口无言。

"你只是觉得同学们看起来没有意见，但是你们看看这个。"杜老师拉开办公桌的抽屉，里面放了几张匿名小字条，都是请求老师重重处罚陆今悦的。

因为粽子普遍比月饼要便宜，而陆今悦花了买月饼的钱，却给大家买的粽子，有人质疑她是不是存在贪污的可能性。这几位同学要求，如果老师不公正处罚陆今悦，他们就跟学校领导举报这件事。

杜老师不想把这件事闹大，不管最后学校调查出来陆今悦是否无辜，对她的名誉来说，都会造成一定影响。

"没事儿，重新买月饼的钱，老师给你出，你不要放在心上了。"最后，一向对陆今悦的迟到十分严苛的杜老师，拍了拍陆今悦的肩膀，叹着气说出了这句话。

陆今悦的眼眶一下子就红了。

出了办公室，夏圆茜把刚刚趁着杜老师跟陆今悦说话时，偷拍的字条给陆今悦看，问她认不认得这些笔迹是谁的。

陆今悦茫然地摇了摇头。

夏圆茜愤然道："得饶人处且饶人不懂吗？他们太坏了，好歹是同学，还去举报呢，明明你一分钱都没贪，大不了让'柔软烘焙'给我们开个收据，难道还怕学校调查吗？"

"没用的。"陆今悦垂头丧气地说道。

她中午特意拜托傅凛凛问了孟妈妈，最后得到的反馈是，她当时在征订单上勾选的商品确实是粽子，但她以为自己买的是月饼，按照月饼的钱买的单。

月饼比粽子贵一倍的钱，但当时那个负责收银的女生一口咬定自己收的只是买粽子的钱，并没有多收，监控视频只能拍到陆今悦拿了一沓零钱给收银员，看不出具体是多少数额。

所以，陆今悦跳进黄河也洗不清了。

5

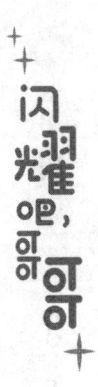

陆辞是在下了晚自习后才知道这件事的。

傅凛凛把情况转述给他,过后又找李铭详细地了解了具体情况。弄清楚当时陆今悦在班上遭遇了什么之后,他甚至有想揍人的冲动。

想揍那些欺负了陆今悦的人,也想揍陆今悦一顿,太蠢了,买月饼能买成粽子,而且居然给了人家多少钱都不知道!

傅凛凛有点儿愧疚,如果不是她当时不想写作业,急着拉陆今悦离开甜品店,陆今悦也不至于犯这个迷糊,于是讪讪地笑道:"陆辞,你冷静点,现在关键是怎么把这件事解决。我们总不能让小可爱背负着贪污公款的污名吧?"

怎么解决,陆辞也不知道,他觉得最简单粗暴的,就是直接帮陆今悦顶替这个罪名,去跟学校承认,是他拿了陆今悦放在家里的班费,是他买错了月饼,不关陆今悦的事。

反正他在学校也是不断惹事的形象,不差这一桩事。见他一个劲地往校长的办公室里冲,气喘吁吁地追在后面的傅凛凛拦不住他,挫败地在原地跺脚,想来想去,咬牙给陆观澜打了个电话。

"傅凛凛?"那人的声音清冷得很,明明认识这么多年了,但唤她名字的语气,俨然只当她是个陌生人。

"陆观澜,你管管你哥行不行?做事情不动脑子,只知道逞义气!"

听她这么说,陆观澜忍不住皱了皱眉,挂了电话后,立刻赶

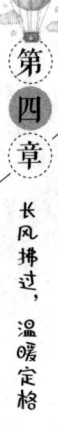

去找陆辞,中途还叫来了陆雨蒙帮忙。

　　幸好,他们在校长办公室外走廊的转角,成功地把陆辞给拦住了。

　　几个人蹲在学校行政楼下的小凉亭里商量对策,陆今悦和夏圆茜也被叫了过来。研究了夏圆茜拍的字条笔迹后,陆观澜淡淡地道:"这几张字条,虽然笔迹不同,但看起来是一个人写的,今悦,你想想在班里是不是得罪了什么人?"

　　陆今悦愣愣地抬起头来,听到陆观澜这么说,她心里其实浮现了一个名字,但她不敢说。

　　怎么会有对她恶意这么深的人?

　　傅凛凛勃然变色道:"除了何欣然,还能有谁?"她当即给她妈打了一通电话,果然,那天在傅凛凛拉着陆今悦离开"柔软烘焙"之后,何欣然来了。

　　当时客人特别多,傅妈妈忙着招待顾客,何欣然就在旁边帮忙。在征订单上勾选商品用的是铅笔,便于循环利用,如果她悄悄地把铅笔笔迹擦拭掉,将月饼换成粽子,不过是轻而易举的事情。

　　这样一番推测之后,事情是怎么回事,大概就清楚了。

　　"走!找她算账去!"陆雨蒙怒不可遏,看到陆今悦蔫头耷脑的样子,心里涌起一股无名火,比陆辞还要暴躁。

　　深夜十点了,除了因为家住得远要先行回家的夏圆茜,剩下的一帮人,由傅凛凛带着杀到了那位收银员女生的家门口,二十来岁的女生被几个高中生的阵仗吓住,在陆辞杀气腾腾的眼神,外加软硬兼施的威胁中,她老老实实地承认,发现陆今悦的征订单上不知怎么勾画的是粽子后,她发现多收了陆今悦的钱,一时见钱眼开准备私吞时被何欣然发现了。她吓得想还回去,但是何欣然制止了她。

"她说她知道我们收银员挣得不多,从中谋点小利也没什么。她还说会为我保密,只要我一口咬定没有多收钱就不可能被发现。我……我就……"

收银员女生说的这些话,陆观澜都录了音,并且留下了她的手机号:"你最好随时保持联络,别想着逃,你这是偷窃行为,要是事情张扬出去,可不只是失去工作那么简单了,搞不好警察都能把你抓进去。"

收银员女生瑟瑟发抖地点头。

解决了这件事,已经是深夜十一点了,在空旷的街头,兄妹几个道别,陆雨蒙看陆今悦表情丧丧的,揉了揉她的发顶:"行啦,你只要回去好好睡一觉,明天起来,一切都过去了,剩下的,哥哥们全都帮你搞定。"

深夜的风带着凉意,见陆今悦衣着单薄,陆观澜取下了自己的围巾,戴到了陆今悦的脖子上,表情仍然是淡淡的,没说什么。

而陆辞伸手抹了一把脸,把陆今悦那个巨大的书包摘下来,背到了自己身上:"行了,知道你心里不好受,但是,人生总会遇到各种各样的难题,甚至是委屈、冤枉,我也经历过。但是又有什么关系呢?只要无愧于心就够了,反正那些误会,总会有真相大白的一天。"

这番话,真不像是动不动就靠打架来解决问题的暴躁少年陆辞能说来的，不只陆雨蒙啧啧两声，陆观澜也忍不住挑了挑眉。

一直一句话都没说的陆今悦，在这一刻，终于忍不住了。她脑袋低低垂着，泪水越来越凶，小小的身子轻轻颤抖着，委屈柔弱的样子，惹得哥哥们都手足无措。

"呜呜呜……谢谢哥哥……"

以前在弥林镇的生活很单纯，同学们也很和气，即使有冲突，也从来没像今天这件事，充斥着浓浓的恶意和阴谋，她只感到不寒而栗，甚至恐慌得想要回到弥林镇去，不想在合江念重点高中了。

但在她最无助的时候，哥哥们一个一个地像英雄一样出现了。他们帮她解决了问题，看起来大大咧咧的男生们，还细心地安慰她，照顾她。有时候，在遭遇委屈的时候，即便咬紧牙关忍得再好，但只要有人问候一下，关怀一下，眼泪就怎么都止不住。

深秋了，长风拂过，树叶哗哗作响，街灯洒下柔和的光芒，气质各异的几个男生围着一个女生，脸上都是关切的神情，而女生垂着眼，睫毛上挂着水珠，因为痛哭，脸上湿漉漉的，几个哥哥各自摸了摸身上，发现都没带纸巾，其中一个粗鲁地拿手去抹，却被女生挥开。

傅凛凛静静地站在旁边看着这一幕，明明心里有点嫉妒，但嘴角轻轻扬了起来。陆今悦真的很幸福呢。

6

隔天早上，陆今悦一到学校，就被杜老师叫去了办公室。

她回来后，杜老师在班上郑重地跟陆今悦道了歉，说已经查明，陆今悦同学没有贪污班费，至于粽子变成月饼，也是因为"柔软烘焙"在忙乱中出了错，为了表示歉意，这家烘焙店的老板给班上每一位同学送了一份纸杯蛋糕。

班上顿时响起一片欢呼声。夏圆茜眉飞色舞道："今悦，太好了！总算帮你澄清了这件事，要感谢你的哥哥们！"

陆今悦没有说话，她一直盯着何欣然，几分钟后，她踢了踢何欣然的凳子。何欣然回过头，面无表情地问："有事吗？"

陆今悦："你就不怕我把你做的事情说出去吗？"

何欣然笑了，"怕，很怕，但你会说吗？"

陆今悦一愣。真是……见过脸皮厚的，没见过脸皮这么厚的。这是吃定了她心软，不可能把这件事宣扬出去。

"陆今悦，我就是讨厌你，你的哥哥们越是保护你，我就越讨厌你。"何欣然冷冷地说完这句话，然后扭回头。

在陆今悦看不见的角度，她吸了吸莫名有点发酸的鼻子，有点可笑，明明自己才是那个坏人，有什么委屈和哭泣的资格呢？

就像陆今悦订月饼的那天，她给陆辞打电话道歉，想跟他缓和一下关系，但陆辞曾经疾言厉色地指责她不安好心。是啊，在他们看来，她从来不是善良的女生。可是，在很久以前，何欣然也从来没想过自己会变成这样。

她只是太想要赢了，所以努力学习，她的家里没有傅凛凛家那么有钱,她需要在阿姨家里打工,美其名曰是勤工俭学,其实只是阿姨看她家穷,找了个借口资助她而已。

除了亮眼的成绩,她拿什么跟要什么有什么的傅凛凛媲美?不想做角落里灰暗的尘沙,只能拼尽全力飞扬!

但后来,傅凛凛就莫名开始讨厌她,还跟她妈妈撒娇说,不要再给何欣然钱了。

十分生气的何欣然在跟陆辞他们一起坐公交车出去玩时,跟傅凛凛发生争执,失手把傅凛凛推下公交车。

从那件事之后,陆辞就不待见她,傅凛凛对她的态度也越发尖锐,可她也不是存心要推傅凛凛,只是因为低血糖站不稳,慌乱中伸手去抓傅凛凛,不慎推了她一把而已。但她没办法解释,因为他们都不相信她,都觉得她罪大恶极,心机深重。慢慢地,何欣然就不屑于解释了,也不再试图跟他们一起玩耍,除了学习,她一无所有。

但唯独藏在心里的,关于陆辞曾经给予的温度,她没办法忘却。何欣然的笔尖在草稿纸上划动,不自觉地写下了"陆辞"这个名字,同时有一滴泪,无声无息地洇湿了那两个字。

何欣然那句话里深深的怨怼,让不明所以的陆今悦十分茫然,为什么她对自己有这么大的敌意呢?想不通啊想不通。

想不通的事情,当然不要想了。反正兵来将挡,水来土掩,陆今悦也不是怕事的性格,何欣然要是真的再陷害她一次,别说她的哥哥们了,她自己都要扑过去跟她打一架了。

幸运的是,那位阑尾炎的生活委员马上要返校上课了,终于可以卸下这一重担的陆今悦长舒了一口气。

7

这一周的星期三，全校学生停课，在操场上举办体育节的开幕式。

啦啦操的舞蹈服是班级定做的，红白色，看起来很活泼靓丽的款式，在比赛前一个小时才发到大家手里。在洗手间换好舞蹈服后，陆今悦总觉得不太对劲，这裙子……是不是太短了点？她可从来没穿过这么短的裙子啊！可马上就要上台表演了，这个时候再回家穿安全裤也来不及了。

往礼堂走的一路上，她一直在忙着往下拉裙子的边角，试图把它拽得长一点。夏圆茜笑嘻嘻地打趣她："今悦，没关系的，有些女孩子夏天穿的超短裤，比这还短呢。"

陆今悦忧郁地看着她："那好歹是条裤子啊，我这是裙子呢，而且我等下还要被大家举起来。"

因为陆今悦个子娇小，大家一致决定在啦啦操的最后一个动作时，将她托举起来，凹一个造型。舞台的位置又比观众席高，很容易走光。夏圆茜一听觉得也是，可她也不知道怎么办，两个人一起叹气。

很快就要到8班的啦啦操节目了，陆今悦做了很久的思想准备，决定硬着头皮表演完节目算了。一切准备就绪，她深吸一口气，就要往舞台上走去，身后有人拉了拉她。

"赶紧穿上。"气喘吁吁的傅凛凛递过来一条小小的女童沙滩裤，上面还印满了小猪佩奇的图案。

美少女真的太贴心、太善良了！陆今悦感动得眼泪汪汪，虽然这条裤子看起来很喜感，但总比走光好，于是她扭扭捏捏地穿上了。

啦啦操节目正式开始了，舞台上二十几个女生，轻盈灵巧如百灵鸟，伴随着乐声欢快地跳跃起来，赢得一片欢呼，其中有不少人还举起了手机拍摄视频。而此刻的陆辞却没能看到妹妹的表演。因为他被作为"人质"，扣押在一户人家里。

事情的经过大概是这样的。

陆今悦穿着舞蹈服用力拽着裙角去礼堂的路上，被陆辞看到了，他猜测出原因，立刻召集两个弟弟一起去给陆今悦买安全裤。

几个大男生鬼鬼祟祟地出现在学校附近的内衣店里，他们也不知道安全裤长什么样，拿着好几条女士内裤比对长短，陆雨蒙甚至在自己身上比画了一下，结果差点被内衣店的店员当成变态。

不巧的是，这家唯一离学校很近的内衣店的安全裤刚好卖空。赶去远一点的地方买安全裤，时间来不及了，路边一家小卖部在门口摆放了一个晾衣架，挂了几件小女孩的衣服。陆辞一看其中有一条沙滩裤，立刻拿了下来，让陆雨蒙拿去给陆今悦，他跟陆观澜留下来跟小卖部老板商量多少钱把这条裤子买下来。

结果兄弟两人一摸口袋，赫然发现身上都没带钱，因为从学校出来得急，也没拿手机。于是最后，在小卖部老板愤怒兼狐疑的打量中，两个人言辞真挚地解释了一番，最后又划了拳，由赢了的陆观澜回家去拿钱，而输了的陆辞留下来做人质。

然而，一个小时过去了……两个小时过去了……陆观澜始终没有出现。小卖部老板气势汹汹地当街责骂陆辞品行败坏，居然敢胡编一套理由偷小女孩的内裤。

正巧这会儿开幕式结束了，到了吃晚餐的时间，来来去去的都是合江二中的学生，不少人认识陆辞，纷纷指指点点。

陆辞的脸色臭到了极点。

晚上回家后，陆辞问起陆今悦表演的情况怎么样。

陆今悦点点头，又犹豫了一下，抬眼问道："哥，你最近是不是有什么不开心的事情？你说出来，我帮你开导开导，千万别想不开。"

陆辞翻白眼："我能有什么不开心的事情？"

"那……你要不要去看看心理医生？"陆今悦艰难地说道，然后很善解人意地说道，"其实现在去看心理医生也不是什么丢脸的事情，谁都难免有点情绪问题嘛，但不要去偷小女孩内裤啊，说出去影响多不好啊！"

陆辞太阳穴一跳，深吸一口气，咬牙切齿道："陆今悦！你要是再胡说八道，我就把你做成标本丢进酒缸里泡着！"

陆今悦一脸怕怕的表情，含泪道："哥……我知道，二伯他们不让你入伍，做不了警察你心里很难过，但也不能这么变态啊，杀人是犯法的……"

半响后，他"喊——"了一声："谁说他们不让我参军，我就不能当警察了？"少年的声音懒洋洋的，却透着几分势在必得。

陆今悦愣住了。

陆今悦在后座,已经掉了几缸的眼泪了。

不只是心疼陆辞,还觉得特别感动,原来一个人的信念,有这么强大的力量,她到这时候才知道,其实,不管陆辞有没有被退学,他都会来考辅警。

那段时间他那么刻苦地复习语文,不是因为跟陆观澜打了赌,而是为了辅警的文化考试做准备的。

有梦想的人,可以忍受一切磨炼,可以披荆斩棘,无所畏惧,只为了到达心目中的彼岸。

第五章

梦想发光时

1

陆辞的那句话让陆今悦十分惊喜，以为他愿意好好学习，备战高考，考上警察学院。但陆辞自嘲地丢下一句，他那个成绩，再怎么努力都上不来了，他不想做没有意义的事情，一开始就没考虑过。

他的语气中明显带着破罐子破摔的狼狈，陆今悦觉得他这种心态不对，她很钦佩陆辞为了梦想不顾一切的勇气和毅力，可也许是天性懒散，他选择了一条简单直接的路，就是入伍，而其中最难走的路——通过刻苦学习成为警察，他放弃了。

虽然这两种选择最后实现的人生价值并没有高低之分，但陆今悦希望自己的哥哥能够多学一点知识，这也是陆辞父母对他的期望。

她不知道怎么去劝导陆辞，他是自己的哥哥，她懂得的这些道理，陆辞未必不明白，他有自己的进退维谷和考量，她说得再多，他也不会听。

陆今悦又开始心事重重，生怕陆辞又会闹出什么事来，但神奇的是，接下来的两个星期，他看起来很正常，连武馆都没去，放学就回家，还破天荒地坐在书桌前写作业。

嘴上说不在乎，心里其实还是很在意的吧？虽然陆辞的行动跟说法相比十分打脸，但陆今悦很善良地没有嘲笑他，还把悬着的一颗心暂时放了回去。

考试之前的两个星期，合江二中隆重地举办了第九届体育节。体育节跟以前陆今悦在弥林镇参加的运动会不太一样，它不是在两三天内集中完成所有比赛项目，而是取消了每天下午的最后一节自习课，用来进行一项体育赛事，因此体育节要持续两个星期，除了传统的田径、铅球，还包括十人九足、丢沙包、动感保龄球、袋鼠跳等一些趣味项目。

学校对体育节的要求也很随意，并不需要每个班里每个人都到场，高二、高三的学生除了参加比赛的运动员，大部分同学都留在教室写作业，高一新生们对于体育节的热情还是很高涨的。

杜老师是一个对班级荣誉十分在意的人，在体育节中综合得分高的班级，可以加班分，因此他给每位同学都下达了指令，必须参加一个项目。虽然少部分同学颇有微词，但也不敢违抗，都老老实实地报了名。

陆今悦琢磨了一下，在体育委员那里报名了两百米短跑和接力赛，还有一个袋鼠跳，在填表的时候，她顺手一翻，全班所有人都报名了，除了何欣然。

回到座位上的时候，她跟夏圆茜说起，夏圆茜一拍桌子站起来，气愤地说："这你就不知道了吧，某些人平时道貌岸然，还是班长，到了为班级出力的关键时刻，却装身体不舒服，不肯参加比赛。明明上个星期一还跟人借那个什么去厕所，今天已经星期四了，怎么，你的生理期这么长，能持续半个月？"

夏圆茜这小姑娘，人挺善良，爱恨分明，她之前本来对何欣然没什么偏见，就觉得这班长铁面无私了点，又不懂得变通，但自从经过上次何欣然诬陷陆今悦的事情，她怎么看何欣然都觉得不顺眼。

班上其他打闹的同学都跟着窃窃私语，何欣然不闻不问地坐在那里写字,好像完全听不到刚刚夏圆茜说了什么。

见对方对自己的挑衅不予理会,夏圆茜不甘心,爆出了一个更大的料:"你知道她为什么不愿意参加比赛吗?因为这次的助学金名单上没有她的名字,所以她不乐意了。"

陆今悦拉了拉夏圆茜,示意她坐下来,不要再说了,她知道夏圆茜是为了之前何欣然陷害她的事情,在替她打抱不平,但要揭人隐私,她还是有点于心不忍。

"今悦,你也太善良了吧,她都那样对你了,你就这么忍气吞声?"夏圆茜一副"恨铁不成钢"的表情。

陆今悦笑眯眯地没有说话,盛气凌人不是她的风格,她会正大光明地赢过何欣然,将她最看重的东西踩在自己脚下,让她看见自己的实力,再不能把她当成软柿子捏。

2

田径比赛就在隔天下午,陆今悦朝气蓬勃地出现在跑道上,所有人看着她的小短腿都还挺怀疑的,结果比赛时,枪声响起,少女"嗖"地一下就蹿出去了,仿佛脚下生风,瞬间就把身后的其他人甩开了。全场鸦雀无声,纷纷叹服。

"这是风一般的速度啊!"李铭目瞪口呆,看着那道白色的影子闪电似的一晃而过,转头对旁边的陆辞说,"辞哥,你这妹妹也太强悍了吧!这身手,简直能去参加奥运会了,怎么练出来的啊?"

陆辞没报名比赛,今天纯属奉了家里长辈的命令,来围观陆今悦比赛的。陆观澜沉迷学习,不屑参与到这种活动中来;陆雨蒙一个人承包了他班级所有的比赛项目,抽不开身;被长辈们连番催促的陆辞只好勉为其难来露个面。

他将刚刚拍的照片发到群里,算是交差了,然后忍不住笑了一下,对李铭说:"你要是从小天天被狗追,你也能跑得这么快。"

弥林镇的野狗特别多,陆今悦从小就怕狗,一看到狗就跑,她一跑狗就开始追,陆今悦只能撒腿跑得更快。

听闻真相的李铭:"……"

陆今悦拿到了短跑决赛的第一名,十分愉快地退出了赛场,下一组是男子一千五百米决赛,她早就打听到了程悠明也要参加,于是跑回起点去给他加油。

半道上她和陆辞在人来人往的运动场上打了个照面,陆辞见她看起来完全没有累的意思，气都不喘，还原地蹦了两下，跳着跟夏圆茜击了个掌。

夏圆茜给她带了两瓶养乐多，让她补充能量用的，陆今悦接过来，还没来得及喝，就被陆辞劈手抢了一瓶，抢就算了，他还耀武扬威地揭开喝了一口，并给了陆今悦一个轻蔑的眼神。

这是赤裸裸的挑衅！陆今悦拔腿就朝他跑去，试图跟他搏斗，哪怕是以卵击石也要发泄心头怒火，然而，她的小短腿即使速度再快，又怎么追得上从小就练武术，身手矫捷的陆辞？

围着操场绕了一圈后，陆今悦崩溃了，旁边就是运动会广播台，她冲动之下，抢过一只话筒，大吼一句："陆辞！你还我的养乐多！"

在一片爆笑声中，被老师严厉批评了几句的陆今悦灰溜溜地回到运动场上，怀里还紧紧揣着唯一剩下的养乐多。她本打算省下这两瓶养乐多，待会儿在赛程终点送给程悠明的。现在比赛马上开始了，她想重买都来不及了！

浑蛋陆辞，净坏她的事儿，陆今悦狠狠看了看陆辞离开的方向。

男子一千五百米预决赛已经开始了，一群奔跑的身影中，她轻而易举地找到了挺拔的程悠明，他穿着无袖运动服，和平日里给人的斯文形象截然不同，雄姿英发，朝气蓬勃。

看台上女孩子们的视线自然而然就被吸引了，纷纷大喊起来："程悠明！加油！陆雨蒙！加油！"

陆今悦听到后，不由得一愣，仔细一看跑在最后，甚至跟他前面一位参赛者还隔了好长一段距离的男生，才发现那是陆雨

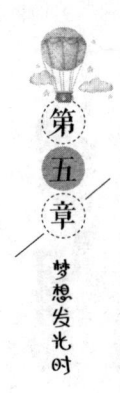

蒙，但相对于其他人都是鼓足劲在跑，他就显得优哉游哉得多，脸不红气不喘的样子。

毕竟身为学校里的明星篮球运动员，奔跑力和爆发力非常，之所以现在不使全力，是因为他喜欢像猎人打猎一样，先看着对手拼尽全力挣扎，最后突然给予对方致命一击。

这是一种什么样的变态心理啊？看透哥哥的陆今悦默默地在心里吐槽。

果然，程悠明跑得很快，差不多就要拿第一了，但在离终点不远时，被陆雨蒙轻松赶超，屈居第二名。

已经走到跑道终点的陆今悦，捧着手中的养乐多，期期艾艾地伸出手，想把它送给程悠明，没想到几步远外，陆雨蒙没要其他女生递过来的水，反而隔着人群冲她挥手："陆今悦！你手里的饮料是特意来送给我的吗？不用让别人转交了，你哥我就在这里！"

陆今悦愣在那里，她看了看已经朝自己伸出手的程悠明，又看了看盯着她看的陆雨蒙，一时拿不定主意该给谁。

情急之下，她干脆拧开瓶盖，一口气喝完，边咳边露出尴尬又不失礼貌的微笑："恭喜你们！我……突然想起来作业还没写完，我先走了！"然后一溜烟跑了，这速度比先前参加比赛时还要快。

3

在全班同学的奋力拼搏下，体育节的闭幕式上，8班同学拿到了高一年级团体总分的第一名，奖状是由班长何欣然代领的。

"我们班只有她没有参加比赛，让她代表我们班领奖状，合适吗？"李铭很不服气地嘟囔了一句。

大家都沉默着。有时候，沉默就意味着默认。捧着奖状回到班级队伍的何欣然正好听到这句话，她站在讲台上沉默了一下，然后神色自若地把奖状交给杜老师。

坐在队伍中间的陆今悦抬起头，打量着何欣然，她总觉得，何欣然很久没有笑过了。也似乎，自从她认识何欣然以来，她除了礼貌性的微笑，就没有真的展露过笑颜。

一个人怎么会活得这么沉重呢？人生本该有太多美好的事情才对啊，陆今悦来到合江后，也遭遇了各种麻烦、失眠、迟到、被迫接任生活委员、为了不着调的哥哥陆辞操心，但无论何时，她脸上总是挂着灿烂的笑容。

因为她认为，笑起来的时候，心情也会飞扬起来，烦恼的重量也变得轻一点了。

可是此刻，在她目光注视中的何欣然，不仅没笑，反而哭了。

也不知道杜老师跟她说了什么，当着所有人的面，何欣然的眼泪扑簌簌地落下来，尽管她很难堪地用手捂住了脸，那水渍还是不断地从她指缝间涌出，然后，她转身朝着校门口的方向跑了。在她身后，年轻的杜老师深深叹了口气。

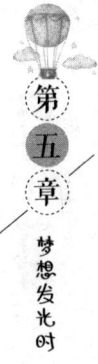

大家都很惊讶，也开始为先前对何欣然的苛责而愧疚起来——把人家都给气哭了。

坐在前排的夏圆茜听到杜老师跟何欣然说的话，闭幕式结束后，回来小声跟陆今悦说道："好像是何欣然家里给杜老师打了个电话，说何欣然奶奶从楼梯上摔下来，去世了，唉，她居然都没有自己的手机，家人想联系她，只能通过老师来转告。"

这时候，何欣然已经请假回家了，陆今悦看着那个空荡荡的座位，不由得也难过起来，她也有奶奶，而且因为从小在奶奶身边长大，她对奶奶的感情非常深厚，相应地，在所有孙辈中，她也是奶奶心目中最偏爱的那一个。

那天晚上回家之后，陆今悦跟奶奶打了个长长的电话，听奶奶絮絮叨叨地让她多吃点饭，天冷了，要多加衣服，还有唠一些家长里短，不管奶奶说什么，她都笑嘻嘻地点头。

挂了电话去洗漱，已经是深夜十一点半了，经过陆辞房间门口，她竟然看见陆辞仍然在学习。她凑过去一瞧，发现他面前堆的全是语文方面的学习资料，什么作文大全，文言文全集，基础字词全选。

陆今悦眼神奇异地看着他："哥，能不能让我采访一下，是什么使你改邪归正，如此努力地在学海中奋力前行？"

陆辞沉默地看了她五秒，慢吞吞地"嗯"了一声，直起身来靠进椅子里："我跟陆观澜打了个赌，如果我在期中考试中，只要有一个科目的分数超过他，他就要给我一千块钱。"

陆今悦顿时觉得更神奇了："你不像是为了区区五斗米折腰的人啊？"

第五章 梦想发光时

"除了一千块钱,接下来一年的家庭作业,陆观澜都帮我承包了。"这才是陆辞愿意接受这个打赌的原因。

是个狠人,竟然敢跟学神级人物陆观澜打这样的赌。陆辞的成绩烂成这样,就算他这段时间集中所有精力在一个科目上,要想超越每科都是全才的陆观澜,可能性也很低。

她的目光扫过那一堆语文教材,小心翼翼地问:"哥,你是不是最擅长语文?"

陆辞很自信地点头。

"那你高一以来,语文最高分拿过多少?"

"48。"陆辞得意道,"我其他科的分数都是个位数,语文分真的很不错了,从来没低于40分,我一定能赢陆观澜那小子的。"

想想语文150分的满分,陆今悦再一次沉默了。

4

期中考试就在两天后，只请了一天半假的何欣然在考试前一天来上课了，让人不得不惊叹她在学习方面实在认真，丝毫不松懈。

考场编排是按照分班考试的成绩来的，杜老师在班上念完了所有考生的去向，到了下课时间，教室里立刻吵闹起来，大家纷纷寻找在同一考场的小伙伴。还有几个女生在激动地议论着，很幸运地能够跟自己欣赏的外班男生在一个考场。

陆今悦作为全班倒数第六的入学成绩，被编排在最后一个考场，这个考场里面也都是一些吊车尾的学生。

考试这天，她进了考室才发现，陆辞也在这里。

高一的最后一个考场没有安排满，而高三的尾号考场刚好又多了几个人安排不下，为了节省资源，就把这几个人放到了高一考场，反正考试时间都是差不多的，只是收卷的时候，注意区分一下年级就行。

第一堂考语文。陆今悦坐下来就开始奋笔疾书，写完作文之后，回头看了一眼陆辞，他正在涂选择题的答题卡，那认真的模样看得她一愣，难道他真的以为自己能考赢陆观澜不成？这是怎样一种以卵击石，不自量力的大无畏精神啊！

感觉到了陆今悦的注视，陆辞抛过来一个胸有成竹的眼神。趁着监考老师不注意，陆今悦比画了一个加油的手势。陆辞回了个抱拳。

但从第二堂考试开始，陆今悦每次回头去看陆辞，他跟其他差生一样，趴在课桌上睡觉，陆今悦干瞪眼，恨不得跑过去一脚把他踹醒。

最后一堂考物理，这种难度系数很高的科目，使得整个考场的四十个人趴下了三十九个，只有陆今悦还在认真答题。试卷写到一半，桌上突然丢来一团纸。她一愣。

过了几秒，她的背又被砸了一下。陆今悦回头，一个看起来有点眼熟的男生坐在斜后方，朝她龇牙咧嘴一笑，指了指她的试卷，示意她把答案亮给他看。

好像……是染黑了头发的"黄毛"同学。

上次他抢了傅凛凛的钱包，又推了陆今悦一把，被陆辞和傅凛凛逮到后，联手暴揍一顿，鼻青脸肿地走了，不知道为什么现在突然又变成了合江二中的学生，还跟陆今悦一个考场。

陆今悦抿了抿唇，低下头继续写卷子，无视后面的骚扰。

好几个小纸团又丢了过来，甚至有一个落到了讲台附近。但是，对于这个考场里这些妖魔鬼怪的学生，监考老师一向是睁一只眼闭一只眼的，只要不是上蹿下跳太过分，他们通通不想管。

陆今悦仍然强迫自己的思路不被打断，乖顺地坐在那里写试卷。但她的忍让，只换来了对方的得寸进尺。趁着监考老师出去考室擤鼻涕时，黄毛蹿跳过来，劈手就要抢夺陆今悦的试卷。

陆今悦当然不肯放手，黄毛用力去推，她猝不及防，失去重心，从椅子上摔坐到地上，屁股传来钻心的疼。

考场里有人知道陆今悦是陆辞的妹妹，看见不对劲，连忙朝陆辞后桌的男生使眼色，那男生踢了陆辞的凳子一脚。

陆辞醒了，头从胳膊里抬起，正好看见黄毛将陆今悦推倒在

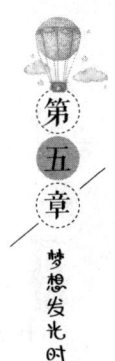

地，她座位的旁边，还掉落了一地的纸团。

"你找打是吧？"

安静的考场里，突然爆出他的一声怒吼，考场里所有的学生都被吓到了，纷纷看了过去。

陆辞重重推开桌子站起来，重重地推开了黄毛，那动作又凶又狠，致使黄毛狼狈地跌靠向旁边同学的座位，撞得课桌都歪了。

在所有人惊诧的注视中，陆辞又一脚踹向"黄毛"，指着他吼："你再扔一个试试？"

"黄毛"被那一脚踹蒙了，傻在那里一动不动。黄毛虽然是隔壁中职学校里混日子的一员，但对合江二中这种名门学府有很强烈的向往，不然之前也不会借了朋友的校服，经常来合江二中晃荡。

他爸爸是暴发户，上个月又大赚了一笔，经不住儿子的哀求，花了点钱，让他来合江二中借读，但勒令他一定要好好学习。

可是黄毛也是那种一进考场就开始打瞌睡的人，没注意到这个考场还有陆辞在。只是睡完了前面几堂，到了最后一堂考试，想着科科交白卷，回家也不好交代，环视睡倒了一片的考场，只有陆今悦在认真答题，而且这小姑娘还是上次害他挨了一顿打的人。

不骚扰她能骚扰谁？只是他没想到，又碰到陆辞这个瘟神在场。

在这种生死关头，黄毛同学很幽默，或者说，根本不怕死，看到监考老师进考场，断定陆辞不敢当着老师的面对自己怎么样，于是挑衅似的捡了一个纸团，朝着陆今悦砸了过去，而且正中陆今悦的眼睛。眼睛里进了异物，陆今悦痛呼一声，捂着眼睛，眼泪哗哗就流下来了。空气寂静了几秒钟，接下来就是一阵人仰马翻的吵闹声。

陆辞当场发飙，对着黄毛一顿拳打脚踢，动静之大，掀翻了旁边的几张桌椅，吓傻了整个考场的人，甚至连隔壁考场的同学听到动静，都不顾考试了，跑过来看热闹。闹到后来，邓主任赶了过来，闹事的两个人被揪出考场。

监考老师把门关上，来回巡视，嘱咐道："都别看了，别看了，好好考试。"

不过经过这么一出，大家都心不在焉起来，何况外面还清楚地传来邓主任的训诫声："不是我说你们，在考场上打架像什么样子？还有你，陆辞，你自己说说我们学校哪个老师不认识你？这么大的人了不知道收敛点！严重扰乱考试纪律，还对隔壁考场造成了影响，学校组织一次考试，要耗费大量的时间和精力，你们这种行为，一定要严惩……"

过了一会儿，外面的声音消失了，考场里渐渐恢复安静，但黄毛和陆辞两人始终没有回来。陆今悦拿笔的手在轻微颤抖。她强迫自己静下心去看题目。草稿纸上写满了演算过程，黑色水笔的字迹漫延开来。眼睛其实已经不疼了，但她就是想哭。

要是她没有想着赢过何欣然，不坚持把整张试卷做完就好了；黄毛来抢试卷，她就该严厉制止他才对……

都怪她，都是她的错。

5

这次期中考试,陆今悦以让人目瞪口呆的好成绩,成功从班级倒数的排名,提升到全班第二名,而何欣然排第四。

杜老师惊诧了,暗喜自己班上居然还藏着一匹黑马,将陆今悦大力表扬一顿。

尽管收获了一片羡慕和称赞声,甚至连程悠明碰见她时,都夸她十分优秀,但陆今悦依然显得无精打采。她其实并没有多意外这个成绩,她的成绩本来就不错,之前不想离开爸妈,来合江上学,才态度敷衍地参加了考试,没想到却还是以吊车尾的成绩被合江二中录取了。

她现在满心忧虑的是另一件事情,学校领导调出了考场监控,认真研究了考场打架事件,最后做出决定,同时开除黄毛和陆辞两个人,以正校纪校风。

通告贴出来之后,引发了一场轩然大波。

很多陆辞的朋友都不服气,试图找学校领导说理,哪个哥哥看到自己妹妹被欺负,还能忍住旁观的?而且当时,明显就是黄毛同学不对在先,开除黄毛可以,没必要对陆辞做出这么严重的处罚。

没想到这一大群人替陆辞上诉,反而惹恼了校方,他们认定陆辞在学校里拉帮结派,造成了极其恶劣的影响,又给他记了一过——坚决开除!

一群帮了倒忙的差生灰溜溜地离开了。

也有很多人幸灾乐祸的,围在通告前议论纷纷:"这种人还留在我们学校干吗？早就该开除了，多影响我们学校的整体形象和高考总成绩啊！"

站在人群之外的陆今悦瞪着她们，很想过去跟她们吵一架，凭什么看不起别人，陆辞就算哪里不好，至少他有正义感，他还是一个好哥哥！

这时候，有人挤进人群，劈手就将那张通告给撕了下来，然后，她将纸揉成一团捏在手心，冷笑一声："是啊，你们厉害，你们了不起，你们都是资优生，但你们要知道，如果不是陆辞约束那些调皮捣蛋的学生，你们能在这么安稳的环境里学习吗？有本事就让学校把那些人全部开除啊！"

是傅凛凛。

那几个女生被她一指责，都哑口无言，陆辞平时在学校里呼风唤雨，每次有人惹出点什么事，或者欺负人的时候，只要叫陆辞出面，就能轻松化解那些争端。

他身上有一种奇异的让人信服的力量，而且这两年多以来，那些差生虽然学习没什么进步，但至少老老实实地不怎么惹是生非，他们的家长也很欣慰。这些事情，大多数同学心中还是有数的。

陆今悦眨眨眼睛，垂着头，默默地离开了学校。

回到家里，陆辞正缩在沙发上打游戏，客厅里散落了一地的零食袋，听见陆今悦回来的声音，他头也不抬地问了一句："考试结果出来没，考得怎么样？"

回应他的只是沉默。半晌后，陆辞觉得不对劲了，终于回头看了一眼陆今悦，平常总是笑眯眯的女生，此刻垂头丧气的，眼睛也显得暗淡无光。

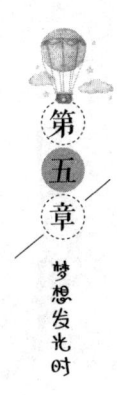

他皱起眉:"你干吗?别想多了,我被开除的事情跟你无关,换作任何一个人被欺负,我也会出手的,而且……"

但他的话被陆今悦打断了,她的声音中充斥着愤怒和压抑:"你为什么一定要靠暴力来解决问题呢?就像个粗暴无礼的野蛮人,你明明可以好好跟他说的,偏偏要打架!你以为当警察就是会打架就行吗?"

陆辞唇线绷得很紧,眼神发沉:"粗暴无礼的野蛮人?在你心目中,你哥哥就是这样的人?"

陆今悦一动不动地静默着,眼帘垂了下去。

陆辞顿时气得胸口疼,他从沙发上站起来,指着陆今悦:"我不配当警察!行!你真行陆今悦!"说完这句话,他连鞋都没换,穿着一双拖鞋就摔门而去。

陆今悦站在一片乱糟糟的客厅里,忍不住蹲下来又哭了,她哭得越来越凶,泪水根本止不住,连肩膀都在颤抖。

她没办法忘记,刚刚在回家的路上,二伯母给她打了个电话,问起陆辞被开除的原因。陆今悦张了张嘴,有点哑然。

她该怎么跟二伯母说,明明二伯母拜托自己监督陆辞学习,不要让他闯祸,可是因为自己,陆辞反而被学校开除了。别说考警察学院了,他现在连参加高考的资格都没有了。

可是二伯母问那句话,显然不是想要陆今悦的答案,她早就从老师那里得知了事情的经过。二伯母后来说了很多,都是在痛斥陆辞不懂事,毁了自己的前程,让父母也跟着操心,陆今悦始终一声不吭。

她知道,二伯母明里是在责骂陆辞,暗里是在责怪自己。她是罪魁祸首。

　　接完二伯母的电话后,再一看屏幕上不断跳跃出的微信新消息通知,群里炸翻天了,长辈们都在问陆辞被退学的事情,连陆今悦爸妈都着急地打电话来问到底是怎么回事。她根本没办法说出口。

　　回家之后,内疚又委屈的陆今悦没能控制好情绪,冲着陆辞爆发了。为什么他要动手打架?黄毛的欺负,她能忍的,监考老师不作为,但邓主任每个小时会来巡查一次,她看了时间,离邓主任巡查的时间只剩十分钟了。

　　她想等邓主任来,就跟邓主任举报黄毛的劣迹。可偏偏在那之前,陆辞动手了。他是替她出了一口气,却把自己搭进去了。

　　这个笨蛋。大笨蛋。

　　陆今悦抹一把眼泪,掏出手机想给陆辞打电话,问问他去哪儿了,这么冷的天气,他穿着薄薄的家居服就出去了,冻着了怎么办?她又担心他冲动之下,在外面又惹出什么事来。

　　电话拨出去,沙发上有个手机响了,陆辞刚刚根本就没拿手机出去。陆今悦走过去一看,屏幕上跳跃着陆辞给她的备注——"妹妹"。

　　看着那两个字,她忍不住鼻子又酸了。想着等陆辞回来,她要好好跟他道歉。但那天晚上,陆辞一直没有回来。

　　不仅如此,第二天他也没有回家。

　　第三天。

　　第四天。

　　……

　　消失的陆辞让整个陆家掀起一场狂风暴雨。

6

半个月后。陆今悦走到便利店门口,再折回去,走到派出所大门旁边的弄堂口,继续折回去,就这么来回溜达了三四趟,鬼鬼祟祟,看起来就像在踩点准备做坏事的小偷。

天黑了,路灯亮起,照出一片初冬的萧条,街边的树都只剩枝丫,川流不息的车辆碾轧过地上的黄叶。在第六次经过派出所门口的时候,她终于鼓起勇气,扒拉着门卫室开了一半的窗口,偷偷地,不动声色地往里面伸头张望。

门卫大爷在跟一个穿着警服的男生翻阅访客登记记录,那位男生短头发,身形高挺,从侧面的轮廓看来,很像陆辞。陆今悦在窗前一会儿身子往左边扭,一会儿往右边扭,一会儿歪着头使劲瞅,就这么折腾了好一会儿,直到门卫大爷察觉到异常,用诡异又戒备的眼神看着她的时候,男生也终于转过头来。

眉清目秀的小帅哥,不是陆辞。陆今悦叹了口气,失落地转身,入目便是一双近在咫尺的懒人鞋。她吓了一跳,抬起头。陆辞不知道什么时候站在她身后,正垂眼看着她,神情漠然。

陆今悦惊恐的表情还没来得及收回去,伴随着一种做坏事被抓包的尴尬,讪讪地打招呼:"哥?"

陆辞冷淡地"嗯"了一声,朝不远处的超市走去。陆今悦跟着他进去,绕了一圈,买了两桶泡面,她就像个殷勤的小尾巴跟着他,问道:"你没吃晚饭吗?总吃泡面不太好。"

陆辞不理她,一个劲往前走。陆今悦尽量无视他不冷不热的态度,她是来求和的。于是,她小声说:"我也没吃。"

"那你是来让我请你吃饭的？"陆辞嗤笑道，咳了一声。

"不不不……我请你吃饭好不好？"她紧张兮兮地仰头看他，一脸担心的表情，"你感冒了吗？吃药了没有？"

外面很冷，风都带着潮湿的冷意，争先恐后地往骨头里钻。合江市的秋冬特别阴冷潮湿，今年刚入冬就迎来一轮大降温，陆今悦本来就怕冷，隆冬还没到就裹上了大棉袄。

陆辞看见她紧了紧外套，缩头缩脑的样子，拎着袋子的手在寒风中冻得通红，他没作声，抬头将她手里的袋子抢了过来，终于大发慈悲道："行吧，给你一个请我吃饭的机会。"

陆今悦大喜，拽着陆辞就往路边的一家火锅店走。陆今悦点菜的时候，陆辞没骨头似的瘫在椅子里，有一搭没一搭地翻着另一个菜单，没有说话的意思。点完菜，陆今悦小心翼翼地看一眼对面的男生，总觉得半个月不见，陆辞好像跟从前不太一样了，更沉稳了些，更内敛了一些，不那么锋芒毕露了。

其实这半个月里，她也不是没见过他。

陆辞离家的第二天，二伯和二伯母就找到了他，但是陆辞不肯回来，在被退学的隔天，他就去参加了合江市一个辖区派出所招聘辅警的考试，居然还考上了。只是这份工作，工资特别低，才一千多一点，陆辞高中没毕业，本来不予录取的，但巡警队很缺人，暂时让陆辞作为实习生上岗。每天上班八个小时，还要训练三个小时，有时候还要在岗亭里通宵值夜班。

租的房子就在派出所附近，只有一个床位，上铺睡的是建筑工地的农民工，陆今悦看过二伯母偷偷去视察时拍下的照片，不知道平时一双袜子都不穿两天的他，怎么能忍受得了这么脏乱差的环境。

二伯和二伯母开车去看过陆辞执勤，陆今悦也跟着去了，是特别偏远的郊区，孤零零立着一个岗亭，但这里是进出市区的必经之路，陆辞就站在路边维持交通秩序，有特殊情况要立刻上报。

整整三个小时，因为换班的同事还没到，陆辞就一直站着，一口水都没喝。

陆家三个人也在车上看了整整三个小时，车里的气氛是沉默的，二伯一直沉着脸，平时忙得不见人影的他，这会儿任凭手机怎么响动，都不接电话，只是瞪着陆辞，却也不过去叫他，一副生闷气的样子。

平时利落爽快的二伯母，眼圈红了又红，几次想下车，还是忍住，叹气道："让他吃点苦头也好，就想着当警察，警察是那么好当的？没有学历，连辅警都当不上，他这个性格，还有对学习敷衍的心态，就算进了部队，也考不上军校，退伍之后又能做些什么工作呢？总说父母不理解他，可他……唉……"

陆今悦在后座，已经掉了几缸的眼泪了。

不只是心疼陆辞，还觉得特别感动，原来一个人的信念，有这么强大的力量，她到这时候才知道，其实，不管陆辞有没有被退学，他都会来考辅警。

那段时间他那么刻苦地复习语文，不是因为跟陆观澜打了赌，而是为了辅警的文化考试做准备的。

有梦想的人，可以忍受一切磨炼，可以披荆斩棘，无所畏惧，只为了到达心目中的彼岸。直到现在，陆今悦才发现，这个总是惹是生非，让长辈们头痛的哥哥，他身上，其实是在发光的啊！

7

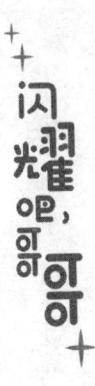

一顿火锅吃得没滋没味。

兄妹两个都埋头苦吃，谁也没吭声，出来之后，陆辞要回去了，在他楼下的弄堂里，陆今悦蓄积了一整晚的勇气终于爆发，忐忑地问了出来："哥！上次我跟你说的那些话，你是不是还在生我的气？"

陆辞没说话。

"对不起……我真的不是那个意思，我就是心里很难过……我不该冲你发火的。"陆今悦垂下头去，拖着哭腔小声道，一副可怜巴巴的样子。

隔了几秒钟，陆辞突然指着她脚底下说："唉，你别动，有条流浪狗在你脚边。"

"啊啊啊啊啊！"陆今悦尖叫一声，身体像触电般一抖，双手乱舞，脚在地上一通乱跺。

四周黑漆漆的，她不敢仔细看，闭着眼睛揪着陆辞的衣袖，声音颤抖着问："还有吗？它还在底下吗？狗在哪里……"

陆辞将她刚刚滑稽的动作看在眼里，没绷住，哈哈哈哈地弯腰笑出声，越笑越停不下来。陆今悦这才反应过来，被他戏弄了。她有点儿恼羞成怒，气急了一句骂人的话都想不起来，干脆直接动粗，狠狠踹了他一脚。

"行了！别瞎想了。"陆辞也没喊痛，拍了陆今悦脑门一掌，"我是哥哥，你冲我任性发脾气，我也不会生气的。"

陆今悦被感动到了，眨巴着眼睛说道："那你回学校去吧，

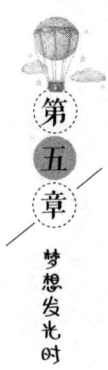

哥,只要你跟学校保证,以后再也不闯祸了,学校不会真的让你退学的!"

要知道,自从陆辞离开之后,有一部分不安分的差生开始作祟了,校领导们忙着处理一起又一起的校园违纪事件,头都大了。

陆辞摇了摇头,义正词严道:"队里现在严重缺人,天气冷了,需要更多的警力来巡逻,在他们招到新人之前,我不能走。"

开玩笑,他是被学校开除的,现在求着让学校同意他回去,那多丢脸,他校园一霸以后还有何威严?其实这段时间他也想了很多,纠正了一些以前观念上的偏差,认识到学习的重要性,也打算好了,实在不行,明年复读一年。

"那你高考呢?哥!你不考大学了?你不当警察了?做辅警至少要高中毕业,你不会还想去当兵吧?当兵也不一定能成为警察啊,也要深造学习啊,不然就永远是小兵,你要是到了四五十岁,还是个别人呼来喝去的小兵,那多没面子啊!"陆今悦噼里啪啦说了一大堆。

陆辞气笑了:"我是那么没志气的人吗?嗯?"

陆今悦不说话,但脸上写了"你是"两个大字。

陆辞还要再说,手机响了,那是一部老旧的二手手机,差不多只能用来接电话,他从家里出来时,没拿手机,这部手机还是一个朋友给他的。电话是他的队长打过来的,陆辞听了一会儿,脸色就变了,让陆今悦赶紧回家,他要去工作了。

"哥,那你什么时候回家啊?你总得回家吧!还有,这个给你，天气冷，你戴上！"他一跑，陆今悦拔腿就追，还从背包里掏出一条围巾，非得要给他围上。

陆辞赶时间，没工夫跟她啰唆，很随意地把那条长长的藏蓝色围巾在脖子上绕了两圈，跑进了街对面的派出所。

警方接群众举报，一帮不良少年持棍棒，准备在街头斗殴，为了阻止这场混战，保证市民的生命安全，几乎发动了所有的辅警上阵。

三个小时后，这场纠纷是成功制止了，但陆辞跟黄毛同学在这种混乱中，再度狭路相逢，遭遇黄毛报复泄愤的他，挨了好几棍都没有还手，最后躲闪不及，脑门上还挨了一棍，直接晕倒在现场。

他昏迷前的最后一个念头是，真不该让陆今悦给自己围上这条围巾，本来他可以跑开的，结果黄毛拽住了围巾，照着他的头就是一棍子。

他醒了一定要好好骂她一顿！

陆今悦愣了愣,她忽然产生了非常强烈的想要抱抱他的冲动。

一直以来,她记忆中的陆辞哥哥,都是这样恣意的模样,他想说什么,想做什么,从来不压抑自己,想成为什么人,就想尽一切办法努力。哪怕后来,发现自己努力的方向有偏差,他也能及时纠正,并且向着新的、正确的方向全速奔跑。

他说,他相信自己可以做到。他仿佛无所不能,仿佛没有任何人、任何事能够熄灭他的光芒。

第六章

今晚过后,就是春天

1

黄毛那一棍子打得很重,陆辞被送到医院之后,有颅内出血的征兆,在急诊室观察了两天之后才转入普通病房。住院的两个星期,因为脑震荡后遗症,他吃点东西就吐,一动就晕,搞得他烦躁不堪。

"我已经帮你请好了家教,明年开学之前你就在家里好好学习,过完春节再看转去哪所学校。"陆二伯跟同事开完视讯会议,看向躺在病床上玩手机的陆辞。

"我不需要请家教,我也不回学校上学。"陆辞不假思索地说。

陆二伯眉头一皱,搞不懂陆辞怎么这么固执,所以控制不住地对儿子发脾气:"你能不能别总是这么任性,大人跟你说什么都不听,非要搞到出事才行?要不是你跟别人打架,被退学,又一意孤行要去做辅警,现在能躺在这里吗?你看看你能做好什么事,你有什么资格跟我说不?"

"能别说了吗?"陆辞把手机狠狠往床上一摔,火药味很浓地呛声,"你觉得我什么都不行,那别管就行了呗,眼不见为净岂不是更好?"

陆二伯气得紧紧捏着笔记本电脑,很想把它往儿子本来就受伤的脑袋上招呼过去!

父子两个都是倔驴脾气,只有一旁站着的,陆辞在派出所的辅警队队长擦了擦冷汗,出来打圆场:"老陆,陆辞还受着伤,有什么话好好跟他说。"

二伯深呼吸几次，将笔记本电脑装进公文包，转身往外走："算了算了，你给我好好待着，有事给你妈和你四婶打电话，我马上要赶飞机出差了，过两天来接你出院！"

队长见状，叮嘱了几句让陆辞好好养伤，他在辅警队工作认真刻苦，此次在街头斗殴事件中的表现很英勇，也被报道在了合江市公安局的官方微信公众号上，值得学习。现在辅警队也招到了人，欢迎他大学毕业以后考到警察岗位，继续来合江市的警察系统工作。

陆辞点点头没说话，眉宇间萦绕着一丝阴郁。

陆今悦拎着保温盒来病房时，就感觉到一阵低气压。陆辞穿着白蓝条的病号服瘫在床上，一副思考人生的模样，他看到陆今悦，第一反应是移开眼，模样老大不高兴。

陆今悦已经习惯了他这张臭脸。二伯二伯母工作忙得抽不开身，于公于私，每天三餐给陆辞送饭的任务，就落在了陆今悦身上，早上点外卖，中午她买了饭来医院跟陆辞一起吃，晚上时间宽裕点，就先去四婶家里吃饭，再带着四婶做的营养餐来给陆辞送饭。

晚饭是送来了，陆辞却不肯吃。陆今悦催了几句，见他没反应，又想起刚刚在外面碰到了脸色很不好的二伯，猜到陆辞一定又跟二伯吵架了。

她搬了把凳子坐在床头柜前，摊开英语书开始背单词，没背几个，看了看手机，抬头对陆辞说道："哥，我点了杯奶茶，外卖小哥找不到病房，你帮我去电梯口接一下好吗？"

陆辞懒洋洋地给了她一个"你做梦"的眼神："你自己不会

去啊，没看到你哥躺在病床上呢？"

陆今悦瞪着陆辞，摆出一脸自以为很凶的表情，教训起他来："过两天学校有一个英语学科知识竞赛，要不是为了给你送饭，这会儿我就坐在教室复习了。再说了，你只是脑震荡，又不是残障，拿个奶茶怎么了？"

陆辞被她说得哑口无言，竟然不知道如何反驳，半晌，竟然老老实实地从病床上下来，踩着拖鞋出去了，结果走到拐角处时，就看到了他爸跟队长在说悄悄话。

陆辞直觉他们说的跟自己有关，放轻了脚步，靠在墙根，光明正大地偷听起来。

"老陆，孩子想当警察，有志气有抱负是好事，你作为家长，应该多多鼓励支持，这孩子需要正面引导，这段时间以来在队里真的干得挺好，我是真喜欢。"

陆二伯客气了几句："哎，这事儿还是麻烦你了，下次约个时间，我好好请你喝一杯。"

"咱俩多少年的交情了，我跟陆辞外公之前还是同事，陆辞也算是我看着长大的，小事。"

"还有件事要拜托你，陆辞妈妈不知道这事，我是看这孩子太想做警察了，不达目的誓不罢休，我想着干脆给他争取个机会，让他体验一下，警察也不是那么好当的，也让他好好磨磨性子……总之……"

"行，明白明白，我一定不会告诉嫂子的。"

话题到此结束，正好电梯停在了这一层，陆二伯和队长上了电梯，陆辞靠在墙上，久久没有动作。

他在报考辅警时，明明没有高中毕业证，也不是义务兵退役可以放宽条件，资格审查却通过了，当时他还觉得很幸运，没想到，是他爸找了外公的属下帮忙。

陆辞出去的时候，陆今悦也连忙跟了上去，见陆辞一直站在楼道里发怔，她便回到病房背单词了，过了好一会儿，外面静悄悄的，她想了想又出去看。

他还站在那里，垂着头，有点模糊的轮廓，和刚刚的姿势一样，一动不动。陆今悦也不知道，让陆辞知道真相会不会改变他与陆二伯之间的关系，但至少，她希望，他别再把自己的父亲当成敌人，什么都不肯听从，故意反着来。这段时间，陆今悦仔细思考过，她觉得，陆辞做了那么多叛逆的事，包括执意当兵、不参加高考，大概有一部分原因是他不信任自己的父母，总认为，他们只会阻拦他、纠正他、责骂他。

陆今悦想让他丢掉那些偏执的思维，这世上，哪会有父母不爱护自己的孩子呢？

"哥，"陆今悦走过去，将一件外套递过去，仰头看着他，"回去读书好不好？明年考警察学院，考不上就复读一年，一定可以考上的，你看当兵训练那么苦你都不怕，而且你为了考辅警还复习了语文，学习其实没那么难的，我跟你保证，你一定可以的，你一定能考上警察学院的！"

她小声地说着，语气那么坚定，仿佛笃信他将来一定可以成为警察，见他许久没出声，又怯怯地伸手拽了下他的衣袖。

陆辞终于低头看一眼妹妹，小猫一样的女孩子，看似乖巧，其实还有点小脾气，而且很会骗人。他刚刚站在这里这么久，都没看到外卖小哥，她处心积虑骗他出来，不就是想让他知道，他爸爸为他付出的良苦用心？

她来到自己家的这一年，他的生活好像没什么变化，好像又有了翻天覆地的变化。

什么变化呢？就像是在一条混沌蒙昧的路上，终于走到了有曙光照来的地方，要说那束光是陆今悦带来的，那未免太夸张了，但事实是，的确是她，在陪着他一起向光亮处奔跑。

在陆今悦几乎以为陆辞不会回答自己时，陆辞忽然笑了，说了声："好，那我试试。"

2

陆辞出院的时候，没有直接回家，而是去墓园祭拜了外公。

陆今悦陪着他一起来的，遍地是耸立的墓碑，她心里有点发毛，偏偏今天又是阴雨天气，景物萧瑟，冷风呼啸，她紧紧地跟在陆辞身后，生怕他会丢下自己。

别人扫墓时带花，陆辞两手空空，在外公的墓前打了一套拳，然后咧嘴一笑："外公，你看我的功夫，有没有长进？"

沉默几秒钟，陆辞又自顾自地说话，没头没尾一句："我知道了，外公。"

可是说完这两句话后，他就一直沉默地站着，双手垂在身体两侧，头微垂，眼神有点散，像是在发呆，可是浑身散发出一种哀伤的气息。

曾经，在他考0分，不愿意上学的时候，妈妈把他痛打一顿，但有人抚摸着他的头，不以为然地笑笑说："小辞如果实在不喜欢读书，以后可以跟外公一样入伍做军人，建功立业，也是一样的，外公教你武术，教你生火做饭，教你野外求生技能，你以后同样能活得风生水起。"

"我以后也要像外公一样，成为很厉害的军人！"那是他年少时稚嫩的声音。

"哈哈哈……那外公跟你约定，等你真的成了军人，外公就把自己的军功章全都送给你。然后手把手把你培养成世界上最厉害的警察！"那是外公豪迈的笑声。

那个人一直很宠溺他，纵容着他的懒惰和坏脾气，把他养成了恣肆任性的模样，他就像生活在一个美好的梦里。可是后来有一天，全世界唯一会带着笑叫他"小辞"的人突然不在了。每个人都苦口婆心地劝他努力学习，考个好大学，没人心疼失去外公的他有多么难受。

他想起自己前段时间住院时，外婆也来探望他了，外婆叹了口气，告诉他，其实他外公根本不是很厉害的警察，只是从部队退伍后，分到基层派出所工作。他是个大老粗，什么高科技破案手段都不懂，工作没有成绩，又喜欢喝酒，就是因为酗酒，才在值夜班后，突然脑出血去世的。

这也是陆辞父母之前坚决不同意陆辞入伍的原因，没有文化，将来从部队退伍之后，他又能从事什么工作？他性格又这么暴躁，很容易闯祸。

"小辞，去选择你自己的道路吧。"外婆把外公留下的那枚军功章放在陆辞手心，颤巍巍地走了。

陆辞捏着那枚军功章，想象着它在外公胸前时，外公那意气风发的模样……

他不能再固执下去了，身边还有这么多爱他、关心他的亲人朋友，还有他的未来，他的梦想，都等着他去开拓。

他花了整整九年时间，终于从童年的那个梦里醒了过来，也终于做好准备，要去走一条跟外公说的不一样的路了。

陆辞蹲下来，与墓碑上的老人平视，语调又恢复了以往的吊儿郎当："嘿，老头儿，别生我气啊，虽然我要放弃咱俩的约定了，但是，我一定会成为让你骄傲的警察的。嗯，比你还厉害的警察！"

第六章 今晚过后，就是春天

陆今悦看了看陆辞外公的墓碑，又看了看陆辞，心中长久以来的困惑似乎终于解开了。孤单的少年固守着童年与挚爱的外公的约定，想要走上与他相同的道路——入伍参军，成为警察。

陆辞果然就像自己猜想的那样，除了他的外公，谁都不信任啊！这个傻乎乎又孤单的家伙……

陆辞还沉浸在缅怀中，冷不丁有一只小手在他背上挠了挠，猫爪子一样，他一低头，看见陆今悦有模有样地朝着外公的墓碑鞠了个躬，碎碎念道："外公好，我是陆辞的妹妹，今天第一次来看您，没什么准备，您喜欢吃什么呀？我下次给您带桂花糕，或者豆油饼，都是我们弥林镇的特产。"

陆辞想翻白眼："外公不喜欢吃这些。"

闻言，陆今悦扭过头来，看着他的表情微微瞪大了眼睛："外公吃过这些吗？"

陆辞愣了一下："没有。"

"那你怎么知道他不喜欢？你怎么能代替外公拒绝桂花糕和豆油饼这样的美食？"陆今悦那双黑漆漆的眼明亮干净，写满难以置信，还有点责备的味道。

他被她气乐了，什么哀伤啊、惆怅啊，顷刻间都飘散了，伸手一掌拍在她肩膀上："不要在外公面前胡言乱语，回家了！"

"好啊好啊，我爸妈寄了桂花糕回来，我们回家去吃。"陆今悦一蹦一跳的。

陆辞又笑了一声，回头看一眼外公的墓碑，终于转过身往山下走："走吧。"

陆今悦乖乖甩着手在后面跟着他，刚刚挨了陆辞那一掌，肩膀其实有点痛,但只要陆辞笑起来,她觉得值得。

悲伤的陆辞不太像他,她宁愿自己的哥哥是这个暴躁的,总是爱欺负妹妹的他。

至于挨的这一掌,她会报复回来的,那么好吃的桂花糕,她藏起了一大半,只给陆辞留了一小半。

打着如意算盘的陆今悦,完全忘记了当初要减肥的雄心壮志。

3

英语竞赛结束,铃声打响,校园里逐渐恢复生气。楼道里都是上上下下的学生,充斥着喧闹的杂音。夏圆茜拿着陆今悦的卷子一边对答案,一边唉声叹气:"天哪,我选择题好多道都和你不一样。"

陆今悦被她悲伤的表情逗笑,安慰道:"没关系,我很多题都是瞎蒙的。"

一般学霸都会谦虚地说自己没复习,没考好,所以夏圆茜才不相信,依然心情沉重:"我还在写后面的大题时,就看见你提前交卷了。"

"哎哟,小可爱你居然会提前交卷?"傅凛凛突然出现在她们班教室,打了个呵欠说,"我今天看见你哥回来上课了,背个书包,还挺人模狗样的。对了,我来是要告诉你,明天放学后,陪我去个地方。"

傅凛凛今天不知道为什么有些精神不济,和往常活力四射的模样差了许多。陆今悦点头答应,有点担心,摸了摸她的额头,问:"你不舒服吗?"

"没有啦。"傅凛凛好笑地拉下陆今悦的手,"昨晚没睡好。"

话说了没两句,杜老师进来了,傅凛凛朝陆今悦挥挥手,又看一眼何欣然的背影,从后门跑了。

杜老师在班上宣布了期末考试的具体时间和科目安排,并一再强调,期末考试是全市十六所高中联考,非常重要,为了过一个轻松欢乐的寒假，请大家务必好好复习。"

下课之后，所有人原本还处在临考的紧张氛围中，不过，陆辞返校的消息从外班传了过来，气氛一下子变得活跃起来。

不仅如此，整个学校都跟着轰动了。一大群平时跟陆辞有点交情的男生都跑去班上看他，跟去动物园围观猴子一样。

据传，陆辞目前还是留校观察期，如果他能在期末考试时考进全年级前八百名，学校就同意让他复学。在其他人都在议论，以陆辞目前全年级两千多人中倒数第一的成绩，在离期末考试不到三个星期的时间里，他到底能不能成功留校时，夏圆茜却跟陆今悦八卦着另一件事。

从初二开始，何欣然就一直在领助学金，但进入高中之后，大概是因为学校多了很多乡下来的学生，比她条件艰苦的大有人在，因此她今年没能申请到助学金。

之前学校公布了助学金同学的名单，何欣然表面上看起来没什么异常，但坐在她后面的夏圆茜跟陆今悦两个人注意到，何欣然有时候中午饭都没吃，一直在教室写作业，晚餐也是买两个面包凑合一下。

听何欣然以前的同学说，何欣然的妈妈身体不好，在家休养，各种药没断过，她爸爸靠打零工赚钱养家，家里还有个上小学的弟弟，日子过得很拮据。她会这么节省，也在情理之中。

"重点是，我有天无意间听到杜老师跟别的老师说，何欣然这学期的学费，是由我们学校一位同学资助的，他也太好心了吧？要不我们去问问杜老师，资助何欣然的人是谁？"夏圆茜睁大眼，十分好奇地说。

陆今悦"哎"了一声,也很佩服这位同学的大方和无私,但毕竟涉及人家的隐私,她还是摇了摇头。上次她在期中考试中赢了何欣然之后,何欣然趴在课桌上大哭一场,陆今悦好像也没有什么大仇得报的喜悦。

青春期的她们,总是执着于细微处的得失,其实从宏观来看,人生还有比这重要得多的事情值得去做。

比如陆今悦最近就在思考,自己的梦想是什么?

陆辞为了能回来上学,实现自己成为警察的梦想,彻底磨平了自己的一身棱角,跟着与校领导略有交情的大伯在学校领导前点头哈腰,卑微地接受责骂和"暂时留校观察"的条件。甚至,他还把陆今悦之前给他买的那些复习资料,从房间的旮旯里都翻了出来,堆在书桌上,一本一本,打算从第一页看起。陆二伯给他请了家教,鉴于陆辞落下的课程太多,学校破例准允他每天晚上留在家里上课。

这是怎样一种能屈能伸的精神?换作自己,能做到吗?或者说,她有特别想做的事情吗?将来又想成为什么样的人?

陆今悦好像一直没什么大志向,就想留在弥林镇无忧无虑地长大,甚至为了不离开家,态度消极地参加了合江二中的自主招生考试。即使现在身在全省最好的高中上学,她对于未来的规划,仍然深感迷茫。

脑子里想着事,晚餐时间,在学校附近的焖锅小店吃完饭出来,陆今悦一不小心就撞上了人。

"对不起!对不起!"陆今悦连忙道歉,抬头一看,对方竟然是好一段时间没碰见的程悠明。

也不知道怎么回事，他们虽然不在同一个班，但之前也能在学校里碰巧遇见几次，可最近半个月，课间操抑或全校升旗仪式的时候，任凭她在人海中怎么张望，始终瞄不到他。

"没事。"

程悠明看了看陆今悦，脸上表情却不似她那么兴奋，他身边还有一位打扮时髦的年轻女孩儿，那女孩儿好奇地打量着陆今悦，转头问程悠明："朋友？"

"是！"

"不是！"

说"是"的是陆今悦，说"不是"的是程悠明。

陆今悦尴尬了，脸色涨红地望着程悠明，内心有点受伤，明明那次是他主动说，他们是朋友的。

"走吧，姐姐，你晚上不是还要加班吗？"程悠明冷淡地垂下眼，拉着女孩儿就要走。

"别提了，几百个采访对象的资料堆在电脑里，等着我挑选出十个青少年道德楷模，写成报道刊登，你也帮我在你们学校里留意一下，今年有没有好人好事特别突出的同学。"程悠明的姐姐边说边跟程悠明走了出去。

陆今悦愣在原地，来不及因为程悠明对自己的冷淡而受伤，她思索了一下刚刚程悠明姐姐的那几句话，朝他们离开的方向跑了过去。

好不容易追上之后，陆今悦发现程悠明的姐姐跟程悠明已经分开了，她期期艾艾地过去打招呼："姐姐你好，我想给你提供一个采访对象，或许能帮得上你。"

"真的啊？"程悠明姐姐笑起来，拉着陆今悦又进了旁边的焖锅小店，"走，来跟姐姐说说看，边吃饭边聊，老板是我好闺蜜，我们在这里吃一天都不用花钱。"

陆今悦已经吃过一顿了啊！可是她又不好拒绝程悠明的姐姐，于是，这天晚上，她硬着头皮吃了两顿。

她真是一个为了哥哥勇于牺牲的好妹妹啊，晚上回家，陆今悦站在体重秤上瑟瑟发抖，只希望程悠明的姐姐愿意将陆辞列入采访对象，能替陆辞在学校领导心中挽回一点儿形象。

4

隔天下午放学，轮到陆今悦和何欣然两个人做值日。

好不容易到周末，大家早就一哄而散，教室里空荡荡的，冬日阴沉的光线照进教室，桌椅看起来都透着冷。

"陆今悦。"何欣然一手捂着口鼻，一手擦黑板，忽然出声。

陆今悦正在把板凳一个个翻到桌上，手里拿着扫帚，闻言"啊"了一声，有点意外何欣然竟然会主动跟自己说话。

"怎么了？"

"你哥头上的伤没事了吧？"何欣然把黑板擦放到讲台上，居高临下地看着陆今悦。她在这次英语竞赛中拿了全校第一名，远远超过了陆今悦的英语成绩，原以为心里会有胜过对方一筹的喜悦，但最近陆今悦一副对比赛成绩丝毫不关心的样子，自己跟她较劲也变得没意思了。

"没事了啊。"陆今悦答了一句，继续低头扫地，认真地把各种小垃圾从角落里划拉出来。

"嗯……"何欣然余光看见窗户外面有人经过，静了两分钟，过一会儿又说，"上小学的时候，我跟傅凛凛一起回家时，碰到高年级的两个男生问我们要钱，是陆辞经过，帮了我们，但他被他们用石头砸伤了头。"

那两个男生下手挺狠的，当时陆辞的头就流血了，即使是这样，他还是把那两个小子打趴下了，只是后来他在医院缝了三针，那道疤也一直留在头上。

也是因为这件事，傅凛凛觉得陆辞很仗义，不顾他不耐烦的神色，天天追着要跟他一起玩，两个人渐渐成了朋友，连带何欣然跟他也熟悉起来。只是后来随着时间流逝，发生了一些事情，她跟他们疏远了。

陆今悦扫完地，把垃圾铲到垃圾桶，站起来喘了口气，有些疑惑地回望："你……跟我说这些干吗？"

"啊？"

挣扎了好久，何欣然走过来，抿了抿嘴，才语气很轻地说："你能带我去你家吗？陆辞一直躲着我，我……想跟他道个歉。"

陆今悦想：难道不应该也跟我道个歉？

"陆今悦，我知道你现在很讨厌我，但我只能请求你的帮助了，你知道吗？初中时期，我拿的助学金都是陆辞捐助的，今年开学的学费也是陆辞偷偷替我交的，我不能要他的钱，我得把钱还给他。"

这太出乎陆今悦的意料了，合江二中的学费可不低，陆辞哪里有那么多零花钱？她想了一会儿，突然想起来他跟陆观澜为了一千块钱打赌的事情，还有陆二伯母本来请了看护去医院照顾陆辞，他把看护辞了，钱却自己留着。难道他把这些钱都拿去帮助何欣然了？

她犹豫一下，表情奇怪地问了何欣然一句："你是不是……对我哥……"

"没有！"何欣然急忙打断她，脸色一瞬间变得通红，"别说了，你误会了，真的……"她转身从自己的座位上拿起背包，落荒而逃。

"不就是问她是不是很讨厌我哥？不然为什么非得要退还那些钱，这么慌张……是被我猜中心事了吗？跑那么快，我还怎么告诉她地址呢？"陆今悦一头雾水地嘀咕，"不过话说回来，陆辞不愧是我哥，可真仗义啊！等我哪天心情好了一定要使劲夸夸他！"

打扫完卫生，她离开教室，去跟傅凛凛会合，结果发现傅凛凛重感冒了，难怪昨天一副精神不济的样子。

陆今悦到的时候，她正趴在课桌上不停地咳嗽，陆观澜站在一旁，皱着眉头喊她去看医生，偏偏傅凛凛坚持不肯，陆观澜一向淡漠的语气里，带了浓浓的怒意。

两个人都是一脸的不悦，很有要大吵一架的趋势。幸好陆今悦来得及时。饶是身体很不舒服，傅凛凛仍然坚持要执行她们的原计划，拉着陆今悦就往外冲。

被无视了，陆观澜脸上没什么表情，仿佛已经习惯了傅凛凛的任性，他将书包挂回肩膀上，不紧不慢地跟上前面两个女生。

见他跟来，陆今悦和傅凛凛两人俱是一愣，陆今悦一看傅凛凛气恼的表情，悄悄说道："让他去也行，万一我们缺少帮手呢？"

"行吧。"傅凛凛懒洋洋地掩唇打了个呵欠，嘀咕道。

陆观澜捕捉到了她们的悄悄话，忍不住微微扬眉，心里转了几个念头，庆幸自己跟来了，一个麻烦精带着一个笨蛋，总感觉她们要闯祸。

三个人走到校门口，刚好碰到抱着篮球准备回家的陆雨蒙，一看到他们,他二话不说也要跟上来,于是约好的两人行最后莫名其妙变成了四人行。

十分钟后,他们在合江二中附近一家叫思睿的补习机构门口停了下来。

天气冷,陆雨蒙用手捏捏冻僵的耳朵,十分茫然:"我们来这里干什么?我为什么要跟着你们来这里?我还以为你们要组团吃大餐。"

"吃什么大餐!我们要为了陆辞的前途而不懈奋斗!"傅凛凛捏了捏拳头。

陆观澜思索了几秒钟,隐约猜到了答案,但还是挑眉望向她。

傅凛凛得意地说,据她的小道消息,思睿培训机构有老师参与了期末考试的命题,他会在补习课上泄露考试试题,而他们今天,就是来偷偷旁听老师讲题,回去背给陆辞听,让他能够成功考进前八百名,顺利留校。

"讲义气!我欣赏你!"陆雨蒙跟傅凛凛重重一击掌。

陆今悦一直对这件事抱有疑虑,但她无法拒绝傅凛凛,更何况,她也不想错过任何可以帮助陆辞的机会,于是也跟着击掌。至于陆观澜,冷眼看着他们一脸兴奋的表情,嘴角忍不住抽了抽。

三个笨蛋。

补习机构对外来人员的进入十分警惕,不是之前报名的学生都不让进。他们几个人是趁人不备,从后门溜进去的。

教室里刚好只剩最后几个座位,坐下来之后,傅凛凛百无聊赖地掏出手机开始听课，听着听着，被困意侵袭的她开始趴下来睡觉。

陆雨蒙自然也听不懂高三的课，他拿出手机要打游戏时，猛然想到，不对呀，他又派不上用场，到底来凑什么热闹？难道是在家里打游戏不开心吗，非要跑来这里打游戏？

只有陆观澜认真听课，而陆今悦协助他记笔记。陆观澜偶尔一扭头，就能看到睡得天昏地暗的傅凛凛，他的唇角不由自主地勾了勾。

这个小动作恰好被陆今悦捕捉到了，她凑过来，贼兮兮地问："哥，傅凛凛长得好看吧？你干吗老盯着她？你竟然还笑了哎！"

陆观澜垂眼看她："不好笑吗？你再认真看一看。"

陆今悦再次看向傅凛凛，禁不住也乐了，傅凛凛不知道怎么弄的，脸上戳了长长的一条墨迹，有点滑稽。

听完了这场两个小时的课程后，已经是晚上十点了，傅凛凛悠悠醒来，在陆今悦的提醒下，对着已经自动关机的手机屏幕，使劲地擦着脸上的墨渍。

这会儿，有工作人员过来察看教室，怕被发现他们是来蹭课的，几个人赶紧蹲到了座位底下，大气都不敢喘一下。

工作人员没发现异常，关灯走了，又等了一会儿，他们才敢离开，补习机构的工作人员差不多都下班了，走廊的灯都灭了，应该是电源总开关也被关了，即使按开关，也开不了灯，黑漆漆的走廊在手机手电筒的照射下，看起来有点阴森。

陆今悦拉着晕晕乎乎的傅凛凛的手，怯怯地跟在两个哥哥的后面走着，好不容易找到后门，发现后门好像从外面锁了。

几个人费了好大劲又绕到前面，前门也从外面被锁了，没有钥匙根本出不去。

他们在黑暗中面面相觑，都有点慌，饶是镇定如陆观澜，也蹙紧了眉头。他现在担心的，不是他们几个人被困在这里一晚上会怎么样，而是傅凛凛好像发高烧了。

5

"找谁帮忙啊,给家长打个电话?"陆雨蒙犹豫着问,只是刚摸出手机,就悲催地发现,由于打游戏太久,他的手机没电自动关机了。

他的目光望向了陆观澜,陆观澜一句话粉碎了他的希望:"别看我,我上学从来不带手机。"

傅凛凛烧得迷迷糊糊的,咕哝了一句:"我的手机也没电了。"

在大家充满希望的注视下,陆今悦瑟瑟发抖地盯着自己的电量只剩百分之一的手机,显然只要一个电话打出去,手机就会自动关机。

她沉思了一会儿,选择给陆辞拨通了电话,言简意赅道:"哥!思睿培训机构,救我们。"

陆辞刚刚上完家教的课,经历了各学科知识的强烈熏陶,他有点晕,洗了个澡正准备睡觉,一听陆今悦这句话,不耐烦道:"我要睡了,别烦……"

但话还没说完,电话突然断了。敢挂他电话?陆辞眼神凶恶地瞪着手机,宛如在瞪着陆今悦本人。他扔开手机,躺了下来,两分钟后,又起身拿起手机给陆今悦打电话,语音提示对方已经关机。

不太对劲。

陆辞匆匆换衣服出门,一边走一边查思睿培训机构的位置,然后打车直奔目的地。

那一边,被黑暗和寒冷笼罩的陆今悦几个人,陷入了焦灼的等待,怕陆辞不会来,又担心傅凛凛的身体,每一秒过得都很煎熬。

"哎……"零度的气温，没有空调的室内冷得像冰窖，陆雨蒙打了个呵欠道："辞哥啊，我们今天是为了你才被困在这里，你一定得来拯救我们啊！"

陆观澜静坐了一会儿，站起来，让陆今悦照看傅凛凛，循着记忆，在黑暗中找到洗手间，将一块毛巾蘸湿了水，拿回来覆盖在傅凛凛的额头上。

傅凛凛这会儿才终于感觉好了一点点，拉着陆今悦的手臂撒娇："小可爱，你在哪儿找到的毛巾，你对我太好了吧，等我们脱困了，我给你买十杯奶茶感谢你。"

陆今悦十分无耻地霸占了陆观澜的功劳，开心地说："好啊好啊！"

"我好饿……"过了好一会儿，恢复了一些神志后，傅凛凛趴在陆今悦的肩膀上，无力地呻吟着。

陆雨蒙摸了摸肚子："我也饿了。"

"我有吃的！"陆今悦回过神儿把那个大得过分的书包从背上摘下，拉开拉链，掏出一袋面包、两袋巧克力豆、一袋卤藕片，还有两小包腰果、泡椒凤爪若干包，甚至还有一排乳酸菌饮料。掏完这些，她的书包空了大半。

她把零食分发给大家时，傅凛凛搂着她的脖子吧唧一口："你是魔术师吧，太神奇了，你的书包看起来那么重，原来装的都是吃的。"

"嘿嘿。"陆今悦干笑两声，她可能是处于长身体阶段，每天都感觉好饿，于是拼命往书包里塞零食，早把当初减肥的雄心壮志抛到脑后。

傅凛凛这会儿也不晕了，几个人坐在沙发上，津津有味地分享起零食来。

"太冷了，光吃太没劲了，让我们一起来运动一下！"陆雨蒙忽然振臂一呼，"要不就做广播体操吧！"

早就冻得瑟瑟发抖的陆今悦和傅凛凛立刻响应，一边做操，还不忘抬手将巧克力豆往嘴里倒。

三分钟后，陆观澜坐在黑暗中，用看神经病的眼神，望着在黑暗中手舞足蹈的三个人。

跟这些人待在一起，真是……拉低他的智商。

为了助兴，歌声十分好听的陆雨蒙清唱起了几首经典的武侠歌曲，从《刀剑如梦》到《沧海一声笑》再到《铁血丹心》，陆今悦听得如痴如醉，忍不住也跟着哼唱起来。

在傅凛凛的强烈要求下，陆观澜不得不用水壶敲打桌面，给他们伴奏。

屋子里又唱又跳，十分欢腾，没注意到外面隐约有警笛声，还有匆匆踏来的脚步声，霎时间，门开了，电灯亮起，在几个穿着警服的人中间，站着眉头紧蹙的陆辞，因为出来得急，他连外套都没来得及穿上，身上就一件单薄的羊毛衫。

"队长，他们几个人在这里，肯定很危险，而且天气这么冷……"最后一句话还没说完，他看一眼屋子里姿势各异，因为做了好几套广播体操而气喘吁吁，此刻十分滑稽地愣住的弟弟妹妹，默默地把后半句咽了回去。

陆今悦兴奋地蹦跶过来，抓着啃了一半的鸡爪冲他挥手："哥！你来了！"

陆辞又仔细看了几个人一眼,都没有什么异样,而且表情欢脱,他悬着的一颗心这时才落了下去,转身跟队长道谢,又跟培训机构的老板道歉。

"他们几个到底是怎么进来的?既然不是我们这里的学生,怎么会被困在这里,有什么目的?"老板的脸色十分不好,如果不是碍于警察在这里,恐怕就要拿着扫把将这几个鬼鬼祟祟的小屁孩揍一顿了。

在陆辞的眼神示意下,陆今悦几个人乖乖地跑到他身后站好立正,听着陆辞语气和善地向老板赔不是:"对不起,弟弟妹妹们调皮,没有坏心,您现在可以清点这里的物品,他们现在都在,要是丢了什么,我们现在就可以核对。"

这真的是陆辞说话的语气吗?陆今悦十分惊奇,觉得陆辞好像变身为外星人一样,让她不认识了。

几句话说得老板哑口无言,半夜三更,他接到派出所的电话,说有人报警,有几个未成年人失踪了,可能被困在他的培训机构里,让他赶紧过来协助救人。

他过来一看,人果真都在这里,只是泄露期末考题的事情,这会儿又不好当着警察的面说破,只好阴阳怪气地将几个人骂了一顿,在警察的调和下,这件事就这么了了。

离开培训机构,陆观澜强行带着傅凛凛去看医生,陆雨蒙打车独自回家了,陆今悦站在路边,看着陆辞跟辅警队的警察道了谢,阴沉着脸朝自己走过来。

陆今悦心里"咯噔"一下,陆辞有点生气了吧?

6

当时灯光亮起,驱散一室黑暗时,她心里还很感动,哥哥就像英雄一样从天而降,来拯救他们了。没想到还会有秋后算账。

陆今悦清了清嗓子:"哥!我知道,今天的事情是我们做错了,我保证,下次绝不再犯!"

陆辞看着她,咬牙切齿道:"你认错倒是挺利索。"

"我这是识时务者为俊杰。"陆今悦实在地说。

陆辞沉着脸,故意恐吓她道:"你们也太任性妄为了,你知不知道,这家培训机构早就被警队盯上了,之前有个学生在这里补习时,突然失踪,至今没找到人,只是一直没有证据,但老板也没有摆脱嫌疑。"

陆今悦这才感觉到一阵后怕,犹豫了一下:"哥……据说这里有期末考试的试题泄露,我们是为了帮你来听题的。"

她越说,陆辞的火气越往上蹿:"你们是智障吗?期末试卷的出题老师都被送到外地的宾馆出题,不能跟外界有任何接触,试卷出完后,由保密员送回来,一直到期末考试的当天,那些老师才会被送回来。这种完全不靠谱的小道消息你也信?这完全是培训机构为了招揽生意而故意散布的假消息!"

陆雨蒙一向不关心学习的事情,不知道还情有可原;傅凛凛是随性而为的人,做事情很少会考虑周全;可陆观澜那么精明,居然也跟着他们胡闹!

陆今悦被骂得一愣一愣的,不知道一个小小的期末考试,居然还有这么大的阵仗,以前她在弥林镇时,都是自己学校老师出

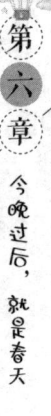

题，随便考考的啊。

她哑口无言，半晌后讷讷地说了一句"对不起"。

冬天的合江市，那种潮湿透骨的冷让人唇齿生寒，街上的人裹着厚厚的大衣贴着墙边，垂头往前走。

她蔫巴巴地跟在陆辞身后，往回家的方向走，想了想，又长长地叹了口气。

陆辞在前面也叹了口气："陆今悦。"

陆今悦的小短腿快跑几步，走到跟陆辞平行的地方站住，仰着头，眨巴着眼睛看他。

陆辞盯着空气："我知道你们是为了我着想，但是，我会好好努力，学习的事情，靠旁门左道是没用的，我已经在尽自己最大的努力，如果能考进前八百名，我就继续留在二中，如果不能，我就转所学校，从高二读起，明年再参加高考。对我来说，真的无所谓的。"

她抿着唇看着他，眼睛眉毛都耷拉着，看起来没什么精神："你骗人。"

怎么可能无所谓？有时候半夜三点她起来上厕所，还看到陆辞房间的灯亮着，就连二伯、二伯母都有点不放心了，好几次催促陆辞不要熬坏了身体。

这么拼命努力的他，怎么可能会无所谓？合江二中是合江市最好的高中，留在这里，就等于半只脚踏入了大学，更何况，现在离高考只剩半年的时间了，要他复读一年，那多让人唏嘘啊！

"没骗人，"陆辞扬起嘴角，眼中有笑意，有疲惫，他抬起头，"你知道的，我无论在什么境遇中，唯一不会放弃的，就是对做警察的坚持,我一定会实现这个梦想的,任何事情,任何阻碍,都不能使我屈服。"

陆今悦愣了愣,她忽然产生了非常强烈的想要抱抱他的冲动。

一直以来,她记忆中的陆辞哥哥,都是这样恣意的模样,他想说什么,想做什么,从来不压抑自己,想成为什么样的人,就想尽一切办法努力。哪怕后来,发现自己努力的方向有偏差,他也能及时纠正,并且向着新的、正确的方向全速奔跑。

他说,他相信自己可以做到。他仿佛无所不能,仿佛没有任何人、任何事能够熄灭他的光芒。

所有人都觉得他不靠谱,只会打架闹事,但其实,他一直是弟弟妹妹们的英雄,在他们需要的时候,可以随时从天而降。那个任性桀骜暴脾气的哥哥,不知道在哪一个节点上,忽然就长大了,她眼眶有点红,拼命忍住掉眼泪的冲动。

"哥哥,"陆今悦拉了拉他的衣角,声音软软地叫了他一声,"你一定能成为警察的,全世界最好的警察,我相信你。"

"好的。"眉目英挺的男生低头冲着妹妹笑了笑,神色是少有的温柔,他拍拍她的肩膀,"回家吧。"

两兄妹在深夜冬天的街头慢慢走着,寒冷彻骨的晚风拂过,已经是一年中最寒冷的时节了,过了今夜,或许,春天就要来了。

两个星期后,期末考试如期举行。陆今悦在进考场前,十分虔诚地双手合十,祈祷了很久,却不是为自己,而是希望陆辞能够考进前八百名。

所有人都这么希望着,但陆辞最终还是没能做到。

这一年，她和陆辞成长了吗？

陆今悦心里浮现一个肯定的答案，而且她相信，这一年，他们给予了彼此走向未来的更多勇气。她不会对陆辞说"谢谢"，她不会与哥哥客套，她只会伸手捶他肩膀，故意龇牙咧嘴地说——

"那你是狼狗。陆狼狗。"陆今悦两手攥拳举到嘴边，做了个"咬人"的鬼脸。

然后两个人相视而笑。这或许并不是最美好的时光，但谁敢说它不够好呢？

第七章

靠近成长的答案

1

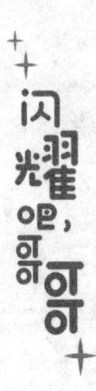

　　期末联考中，陆辞在全校的排名是一千二百三十六名，虽然进步巨大，但离前八百名的目标还差很大一截。

　　陆大伯跟二中的领导有点交情，说要去求个情，但具体结果如何，合江二中的领导要商讨之后再决定。

　　担心陆辞不能继续留在合江二中参加高考，回到弥林镇度寒假的陆今悦整天忧心忡忡，以前的同学叫她去聚会都不太想出门，饭也少吃半碗，眼看着瘦了一圈。

　　家里这几天网络维修，不能上网，她不便频繁打电话给长辈们探听情况，更不敢去问陆辞，只好整天抓着手机，眼巴巴地等着陆辞给自己打电话。

　　偏偏到了出结果这一天，陆辞毫无动静。

　　陆今悦焦虑得觉都没睡稳，她梦见陆辞埋首趴在桌上，不知道在干什么，她好奇地走过去，看见了他桌子上的复习资料。

　　那些资料都活过来了，长了手和脚，正在桌子上蹦蹦跳跳，得意扬扬地对着陆辞发出稀奇古怪的笑声，还边笑边说："你是搞不定我的，放弃吧！你考不上警察大学，做不了警察的！"

　　陆辞气得拿拳头重重一砸桌子，然后"咚——"地一下栽倒在地不省人事。

　　醒来以后的陆今悦吓得魂不附体，纠结了好一会儿，终于下定决心给陆辞打电话，想要问个究竟。

　　只不过电话打出去，一直没人接，疯狂打了七八个之后，终于通了，却是四婶接的，说陆辞正在跟陆雨蒙打游戏。

陆辞爸妈都出差了,这段时间陆辞住在四婶家里,听陆今悦问起陆辞的事情,四婶奇怪地说:"昨天晚上我就让陆辞跟你说一声啊,他没告诉你?学校没有开除陆辞!他都上了省报呢,评了个合江市青少年十大道德楷模,学校表扬他都来不及!"

"真……真的吗?"陆今悦都结巴了。

跟四婶结束通话后,陆今悦连忙给夏圆茜发消息,夏圆茜给她拍了报纸发过来。

果然,三天前的省报上,有一篇专门的报道,介绍了陆辞在巡警队做志愿者,还有他连续五年匿名捐助同学的事迹,而写这篇报道的记者,正是程悠明的姐姐。

夏圆茜说:"我也不怎么看报纸,是听别人说起才知道的,好像这两天班级群里都在议论这件事,今悦,你没看群消息吗?"

陆今悦要落泪了,她家里没有网络信号,她毫不知情啊,不然也不至于这么忧心如焚。可恶的陆辞,居然一直没主动告诉她。

更让人气愤的是,她给陆辞发了一大段质问的话,在两个小时后,才得到轻飘飘的三个字回复:"我忘了。"

他最近整天泡在书山题海中,唯一趁着蹲马桶的时间,跟陆雨蒙打了一盘游戏,还惨败,干脆扔了手机继续泡在书本里,反正陆今悦早晚会知道这件事,他压根就没想起要主动告知。

他倒很诚实!

可她呢,为了那篇报道,多吃了一顿晚饭,这是多大的牺牲啊!

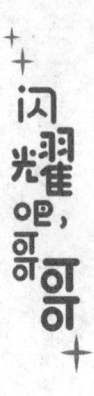

陆今悦暴走了,越想越不开心,自顾自地生了一会儿气,又给陆辞发微信:要不是我向那个记者推销你,你还不能成为道德楷模呢!忘恩负义的哥哥!祝你明天便秘!

发完还不解气,她又发了一条朋友圈:出租哥哥!低价大甩卖!非诚勿扰!后面跟上一大串愤怒的表情。

结果这条朋友圈居然很快就成真了!

2

年三十晚上,一家人吃饺子看春晚到凌晨,陆今悦早上醒来的时候,手机里已经有一大堆新年祝福了,其中不乏傅凛凛和夏圆茜两人发来的表情包。

外面下了雪,奶奶喊她起来看,她爬起来换了新衣服,穿着尺码有点大的新鞋子,兴奋地在院子里蹦跶,还给各位伯伯婶婶发了个视频通话拜年,并且告诉他们,家乡下雪了。

最后,她想了想,新的一年了,一笑泯恩仇,她是个宽容大度的人,就不计较陆辞上次忘记告诉她他没被学校开除的事情了吧,于是又给陆辞发了个微信视频。

陆辞刚接起来,就听见她高兴地叽叽喳喳:"哥!新年了!"少女穿了件红色大衣,长发散在肩上,看起来十分精神可爱。

"嗯,新年快乐。"陆辞扯起嘴角笑了笑,他此刻坐在书桌前,穿着黑色家居服,连打了几个呵欠,手机拿得近,连带着眼下的阴影都格外明显。

陆今悦愣了一下,愕然问道:"你不会一夜没睡吧?"

陆辞用指尖轻揉了下眼周:"等会儿就去睡一下。"

没办法,世事总是守恒的,他过去落下的功课实在太多,现在要补,犹如愚公移山,只能靠勤奋刻苦。

"那快去睡吧!"陆今悦生怕自己会挤占他的休息时间,准备挂掉前又噼里啪啦说了一句,"哥哥!祝你今年高考,金榜题名,考上心仪的学校!"

陆辞一怔，准备说话，通话却已经断了。

妹妹对他这么好，他也要投桃报李。陆辞想了想，给陆今悦发了个微信红包，附文是"哥全部的余额都给你了"。

两秒钟后，陆今悦欢天喜地点了领取……两块五。

陆今悦默默地把手机收起来，冻得哆哆嗦嗦回房间，跟爸妈和奶奶一起吃了早餐，又领了爸妈和奶奶给的红包，再拿起手机一看，多了一条未读短信。

陆今悦，新年快乐。

是个陌生号码，也没有署名，陆今悦看了又看，直觉这条短信是程悠明发来的。曾经她主动问他要手机号码，却被他拒绝，没想到此刻，他主动给她发了消息。

她放下手机，一会儿跑去拿巧克力吃，一会儿去电视机前站一会儿，转悠半天，还是忍不住回来拿起手机，又看了看那条短信，琢磨片刻，回道：**新年快乐，谢谢你姐姐帮我哥哥写的那篇报道。**

消息才发出去，很快对方就回复了：**不客气。**

果然是程悠明，只是不知道他从哪里知道自己手机号的，陆今悦瞪着屏幕生闷气，既然他都说他们不是朋友了，还发什么新年祝福呢？

她赌气似的，删掉了短信内容，也没保存他的手机号码。

就这样吧。

同样删除了短信内容的还有程悠明，他把手机还给姐姐，默默地回到自己的书桌前开始学习，不足四十平方米的老房子里堆满了各种杂物，空间里散发着阴暗潮湿的气息，而他们一家四口在这里生活了十多年。

一道帘子将屋子隔成两部分，程悠明和姐姐睡在里面的上下铺，爸爸妈妈睡外面，后来姐姐住进了单位的宿舍，里面的空间就完全属于程悠明了。

爸爸因误信朋友，欠下了巨额债款，一家人被沉重的债务压得喘不过气来，即使姐姐工作了，她的所有工资也不够用来替爸爸还债。

家人都在负重前行时，程悠明觉得自己没有资格奢侈，他买不起手机，不交朋友，因为交朋友应酬是需要花钱的，他的衣服都是姐姐从朋友那里要来的。

尽管好像从没有因为自己的家境而感到自卑过，但是那天，他还是下意识地否认了陆今悦是自己的朋友。

因为，不想被她知道得更多……

也许，等到将来他真正独立自主的时候，他才敢光明正大地站在陆今悦面前，邀请她出去玩，交换手机号，在彼此的生活中留下更多的印记。

那一天或许很遥远，但一定会到来的。程悠明坚信。

3

转眼春节过完，要开学了，陆今悦带着对爸妈的不舍，又带着大包小包的行李回了合江市。当天晚上，几个哥哥约她出去玩，因为是周日，陆辞没上课，也来凑热闹。

陆今悦刚开始还很感动，快一个月没见了，哥哥们还知道请她喝奶茶，结果到了奶茶店后才发现，哪是什么接风洗尘，他们就是借着她的名义，瞒着父母，约到外面一起打游戏。

陆今悦对打游戏没兴趣，坐着一直打呵欠，她今天穿的鞋子是过年时妈妈给她买大了的新鞋，于是无聊地把鞋带紧了又紧。

这时候，傅凛凛也来了，看见他们都在打游戏，她好奇地凑过去问："你们在打什么？"

陆辞打游戏的技术最逊，首先出局，他抬头，往低头系鞋带的陆今悦头顶招呼了一掌："打我妹，要一起来吗？"

这个笑话真的很冷。其他人愣了几秒钟，游戏都顾不得打了，集体拍桌狂笑。

陆今悦委屈地捂着脑门。

喝完奶茶，到饭点了，大家从奶茶店转战烤肉店，点完单等上菜的间隙，陆雨蒙闲着无聊，见陆辞正拿着手机背英语单词，不怕死地嘲笑道："陆辞，吃饭时你都不忘记跟单词培养感情，你这一页单词，好像在几天前就开始背了，现在认识它们了吗？"

可能因为对英语没什么兴趣，几门科目中，陆辞学得最吃力的就是英语，英语家教换了好几个，成绩仍然没有一点起色。期

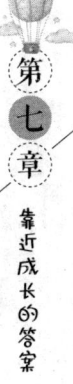

末考试中英语分数更是奇低，23分！

英语总分150分，其中选择题占了115分，哪怕是所有选择题全选同一个选项，也不止23分啊，陆雨蒙已经拿这件事嘲笑了陆辞半个月了。

听完陆雨蒙的嘲笑，陆辞将手机放在桌上，平静地看着他问："你是想现在挨打，还是十秒钟后再挨打？"

陆辞的武力值一向很可怕，陆雨蒙高举双手，飞快认怂："我选择求放过。"

傅凛凛吹了声口哨，扬眉道："陆雨蒙，你又打不赢陆辞，还总是挑衅他，你这不是自己找虐吗？"

陆雨蒙露出一口炫亮的白牙："我反正又不像某人，英语只得了23分，忙着背单词，也不像另外某个人，英语考了143分还嫌低，我的日子太无趣了，只想找点刺激。"

陆辞和陆观澜两人皆是面无表情地抬起头，一齐朝他抡起拳头砸过去。片刻后，响起了陆雨蒙的哀号声。

看着他们三兄弟打闹，傅凛凛笑得脸都要抽筋了，她一只手搭上陆今悦的肩膀，打趣道："小可爱，你下半年要是住在陆雨蒙家，还不得被他这毒舌给活活气死？"

陆今悦双眼呆滞，已经能够预料到高二生活的水深火热。

正好这会儿上菜了，陆今悦内急，去了趟厕所，出来后却无意间看到了何欣然，她似乎是在这里打工，正端着盘子给另一桌上菜，烤肉店的经理对着她吆来喝去，在班上一向骄傲的何欣然此刻一声不吭，她手上还有一道清晰可见的血口子。

何欣然不是有陆辞给她的生活费吗？她怎么会在这里打工？

陆今悦满腹疑虑,想了想,跑出烤肉店,在旁边的药店里买了棉签和消毒药水。

回来再去找何欣然的时候,正看见一位个子瘦小的阿姨拉着她在盆栽后说话,陆今悦也不想偷听,但她脚下一滑,那双穿着大了的鞋子飞了出去,就落在了何欣然的妈妈身后。

陆今悦顿时傻眼了,她也不好意思打断何妈妈跟何欣然的谈话,就光着一只脚站在过道上,等着她们说完。

何妈妈愁眉苦脸地道:"明天就要开学了,我们现在只能住在烤肉店的宿舍里,空间狭窄就算了,路上经过的那条小巷要走十来分钟,又都是一些乱七八糟的人经过,我和你爸的下班时间都在十一点之后,你下了晚自习怎么回家啊?"

那条小巷里有许多家歌厅和牌馆,深更半夜还有赌鬼和醉汉在游荡,何欣然一个小姑娘独自经过,实在是危险得很。

"妈妈,你别担心了,没关系的,之前几天不是都没事吗?"何欣然牵强一笑。

何妈妈叹了口气:"不怕一万就怕万一,要不你还是住校吧,住宿费虽然贵,但也没办法,或者,我给你姨妈打个电话,你先去她家借宿一个月,等我们家租了新房子,你就回来?"

"不要给她打电话!我们家麻烦她的还少吗?"何欣然一口拒绝。

之前因为她让收银员故意把陆今悦买的月饼改成粽子,傅妈妈斥责了何欣然一顿,何欣然羞愧难当,再也没去过甜品店兼职,不好意思再面对姨妈,更不想被傅凛凛冷嘲热讽。

"你弟弟还在上小学,你要是有个哥哥就好了,能够陪你回家，护你安全。"何妈妈又叹口气，折回后厨去帮忙了。

何欣然在原地站了一会儿，忽然弯腰，把陆今悦的那只鞋子捡了起来，还给她送了过来，像是早就发现了陆今悦的存在，她惆怅道："陆今悦，有哥哥，真的很幸福吧？"

偷听被逮到了，陆今悦"唰"地抬起头来，大眼躲躲闪闪，红着脸有点不好意思地看着何欣然，想了一下，十分厚颜无耻地点了点头："嗯，很幸福。"

何欣然看着她，从前很讨厌这个女生，觉得她成绩不行，偏偏又是陆辞的妹妹，她就是很不爽，忍不住会嫉妒，所以她对陆今悦做了很多过分的事情，可是后来，她发现，陆今悦即使三天两头迟到，听课漫不经心，成绩跟日夜刻苦的她却不分伯仲。

她使了很多坏，最终只得到陆辞的讨厌，以及越来越多的负罪感。

助学金申请失败之后，因为家里实在拮据，前不久，她终于忍不住跑去向班主任再次争取。

班主任无奈地告诉她二中评选助学金的条件多么苛刻，还特意调取了往年案例给她看。只不过，凑巧教务处的系统出了问题，在查询往年记录时，曝光了资助人的信息，何欣然这才发现其实以前自己拿到的助学金一直是陆辞捐助她的。

而这次，他之所以没有让她拿到那笔"助学金"，大概是因为，他把钱都拿去给她交学费了。

那天，何欣然偷偷哭了很久。

就像是一个什么都没有的小孩，眼巴巴地羡慕着别人拥有的温暖和关怀，然而，有一天她突然发现，其实那份温暖也始终在暗中庇护着她，她心中所有的不甘和嫉妒都被抚平了。

后来她问陆今悦要陆辞家的地址，陆今悦没有告诉她，何欣然还是想方设法问到了地址，然后去陆辞家里，给了他一张手写的欠条。

这笔钱，她暂时还不起，但将来总有一天，她会悉数还给他。她宁可牺牲自己的尊严去申请助学金，被所有人知道她家庭穷困，也不想欠陆辞的。这是她仅剩的骄傲了。

可是陆辞只是笑一笑，那张欠条被他揉成一团丢进了垃圾桶，然后他说："你回吧。"

淡淡的，毫无语气的几个字。何欣然不甘心，忍了又忍，还是追问他为什么要帮她。世界上有这么多人，为什么暗中捐助她的人，偏偏是他？

陆辞耸耸肩，给了她一个十分残忍的答案："因为你是傅凛凛的朋友，我只是给她一个面子而已。"

何欣然黯然离去。

她不知道陆辞给她的答案是真是假，她希望是假的，可……仔细想想，那又怎样呢？

陆辞有梦想，有抱负，有哥们，有妹妹，他什么都不缺。当然，即使缺，也没有她的位置。

高傲如何欣然，在那天回程的公交车上，她突然想明白了一切。

她倚着车窗，暗暗对自己说：别再闹别扭了何欣然，失去任何人都比不上失去自己可怕。学学陆辞吧，为自己而努力。

自此，何欣然又恢复到了以往认真学习的样子。

不，她比从前更心无旁骛、更奋勇坚定了。只不过，即使解开了跟陆辞之间的心结，她也没有想清楚该以怎样的态度面对陆今悦。

"鞋子都能飞出去，你可真厉害。"她皱着眉看陆今悦穿鞋。

陆今悦没接她的话茬，转而问道："你们为什么会住在烤肉店的宿舍里啊？"

事到如今也没什么好隐瞒的了，何欣然坦然道："我家之前租的房子被房东收回去了，过年一时半会儿租不到房子，我妈找了个在这里帮厨的活儿，工资低，但包吃包住，我也在这里打寒假工。"

"那你的手是在这里打工时弄伤的吗？你放心，要是有人欺负你，我就叫陆辞他们替你去讨回公道！"

"你别胡思乱想了，不过是回家的那条小巷太黑了，我因为害怕走得快，不小心摔了一跤。"看她一脸紧张的表情，何欣然有点感动。

陆今悦看着她手上的痂，心疼地说："很疼吧……"

何欣然轻轻说道："你上次发朋友圈说，想要卖掉自己的哥哥，是真的吗？我……你要是不想要，我真的很想买。"

陆今悦望着她，不言语，脑子里有一个念头转来转去。

何欣然以为她生气了，抿了抿嘴，道歉道："对不起，我也是开玩笑，哥哥哪能随意买卖？我知道，你还在生我的气，以前我做的那些事情……我真……我当时可能脑子坏了，对不起……"

陆今悦张了张嘴："不是，我早就原谅你了。"

何欣然拿手揉了揉眼睛，微微背过身去。陆今悦慌了，害怕自己把她惹哭，连忙说道："那这样吧，我把我的哥哥借给你，让他每天晚上送你回家。"

何欣然睁大黑白分明的眼睛回过身来看着她，里面依稀有光亮起："陆辞吗？"

陆今悦重重地点头："是，陆辞！但我有一个条件。"

她在何欣然的耳边说了几句，而后，何欣然犹豫一下，点了点头，两个女生就这样完成了哥哥的转让交易。

正在桌边大口吃肉的陆辞，莫名其妙打了两个喷嚏。

4

这件事当然不能直接告诉陆辞。

开学第一天晚上，下了晚自习，陆今悦给陆辞发了一条短信：哥，今晚我要送何欣然回家，她家住的这条青阳巷，感觉乱糟糟的，我有点害怕，哥，你要是方便，就陪我一起送送何欣然好吗？

高三的学生在晚自习后还要在教室里自习半个小时，陆辞在教室里昏天暗地地刷题，只看了一眼信息，没搭理。

又过了半个多小时，陆今悦给陆辞打了个电话，陆辞正走在回家的路上，他拧着眉接起，听见陆今悦哆哆嗦嗦口齿不清地说："哥，这里有个人喝醉了，在破口大骂，我们两个女生根本不敢过去，呜……"

她哭得有点假，陆辞眼皮耷拉下来，懒洋洋地打了个呵欠，脚步悠闲地往前走着，漫不经心听她继续干号着装哭演戏。

春天了，晚上并不寒冷，一排排楼房在夜色中耸立，鹅卵石铺成的小路上地灯光线幽微，蜿蜒着向前，昏黄路灯，零星来往的路人面上都是惺忪的神色，几声猫叫在晚风中悠悠散开。

陆辞抬头望一眼夜空，云层厚重，不见月亮，他不由得想起很多年前在弥林镇的夏夜，圆月皎洁，繁星璀璨，长风穿堂而过，那是无忧无虑的时光，还有个娇小白净的女孩子叫着哥哥，捧着一碗冰镇酸梅汤朝他跑过来。

如今那个在弥林镇长大的小姑娘，穿越漫长的时光，来到合江，变成了面前娉娉婷婷的大姑娘。

他眸光一飘,落在前方不远处的两个女生身上,穿着杏色外套,梳着马尾的是何欣然,而陆今悦今天穿了一件白色绒毛大衣,在暗色里显得更为醒目,像童话里的小公主。

街边都是酒吧,有醉醺醺的男人趴在路边呕吐,还有浓妆艳抹的女人笑语嫣然地走过,何欣然和陆今悦两个人走得小心翼翼的。

一个满脸痞笑的男人朝着她们走过来,陆今悦戒备地从口袋里掏出一个防狼警报器。

警报器发出响亮刺耳的声音,路人们纷纷望了过来,那个男人吓了一跳,东张西望一下,撒腿跑了。

危险虽然解除,陆今悦自己也吓得够呛,赶紧关掉警报器,拉着强作镇定的何欣然疾走。

好不容易到了安全区域,陆今悦捏着一直处于通话状态的手机,带着一点儿委屈、一点儿恐惧,痛心疾首地对陆辞道:"哥!你妹妹深陷八面埋伏中,你都不来救我!"

陆辞气笑了:"你那个警报器一响,方圆百里的人畜都被吓退了,还需要我来救你?"

除了那个警报器,何欣然的怀里还抱了一瓶防狼喷雾。她们倒是准备得挺齐全的。

陆今悦一蒙,回头一看,果然看见陆辞就站在不远处望着自己。何欣然也跟着回头,双手不由得攥紧了背包带,连呼吸都局促起来。"我……我先走了!"她结结巴巴地说着,也不敢看陆辞,飞快地朝着所住的楼道口走去。

"哥!"惊魂未定的陆今悦兴奋地跑过鹅卵石小路,穿过扑面而来的风，一直跑到陆辞面前，抓着他的衣角，颤抖着，"我刚刚真的很害怕！你都来了，也不出来给我壮胆！"

低头看一眼她那只白白嫩嫩的爪子紧紧抓着自己，陆辞有种被小动物拽着的感觉，他脸上锐意顿时柔和了不少，唇角微抿，教训起她来："所以你为什么要来这种地方？明知道不安全还自己送上门来！以后别再来了！"

陆今悦严肃拒绝道："不行，我这个月都要送何欣然回家，她住在这种地方，每天晚上回家都很危险，要不……哥哥，你帮我送她回家好了？反正绕一圈也不过多了半小时而已，就当锻炼身体了是不是？"她摇头晃脑地扯到了一半，一抬眼，对上陆辞黑沉沉的眼，话头立刻打住了，无辜地眨了眨眼。

陆辞被她给气笑了，抬手屈指，弹了她脑门一下，声音像是从牙缝里挤出来的："你胆子肥了，敢算计你哥哥，你以为那天在烤肉店，我没看见你跟何欣然嘀嘀咕咕的样子？"

虽然知道这古灵精怪的妹妹可能是在骗自己，但看到她给他发的那条短信，他还是匆匆离开了教室，赶来青阳巷，生怕她会遇到什么意外。

"你英明神武，我有你这个哥哥，简直是上辈子拯救了银河系，可是何欣然没有哥哥，她现在需要一个哥哥来保护她，你就当是多了一个妹妹，只要一个月。"陆今悦可怜巴巴地拖腔拖调，晃了晃陆辞的手臂。

陆辞没说话，盯着她，薄唇抿着，嘴角绷得平而直。就在陆今悦怀疑，他是不是就要发飙时，陆辞哼了一声："那你拿什么来谢我？"

陆今悦眼珠滴溜溜转了转，早有准备，一五一十地道："那……就当作是哥哥送我的生日礼物，我马上就十六岁了！还有，你马上就要去上大学，以后都不在家里了，就不能满足我这个小小的愿望吗？"

也是，最多还有半年，他就要去外地上大学了，跟妹妹能在一起的时间也不多了，陆辞沉吟一下，终于大发慈悲地点了点头。

陆今悦高兴极了，还想再说点什么感谢的话，但陆辞直接说了声"闭嘴"，揪着她的衣领拖着她往前走。

在陆今悦看不到的角度，陆辞回头望了望何欣然消失的方向。

那天，她傻乎乎地拿着张欠条来找他，他没要，还故意说了伤人的话。也不是故意要惹她伤心，主要是，那个真正的缘由，陆辞不知道该如何说出口。

已经是好几年前的事情了。也是这样一个冬末初春的日子，他得了重感冒，一个人在医院打完点滴出来，无意间遇到了何欣然。

那时候的她也才十岁左右吧，个子矮矮的，很瘦，一个人站在医院走廊的风口，瑟缩着肩膀，满脸愁容。

那是陆辞从未在小孩子脸上见到过的表情，又或者说，那种复杂的、充满世态炎凉的眼神似乎不应该属于面孔稚嫩的何欣然。

陆辞不忍再看下去，他转身背对着她离开了。但那个场景，久久无法从他心中抹去。特别是，每当他大手大脚花钱时，何欣然的脸庞就会蓦然冲进脑海。

他是个性情暴躁的男生，天生没耐心，更不懂得该如何处理这种细腻的情绪，只觉得，既然她让自己这么不适，不如就远离她吧，或者不如把那些不该花的钱攒起来，给她用吧。

就是这么简单的心理而已。

陆辞垂下眼睛，疲惫地揉揉额角，风中吹来一朵紫色小花，落到他肩上，又飘落在地，他毫无察觉。

一直藏匿在楼道暗影处的何欣然走出来，看着气质冷厉的男生拽着陆今悦渐行渐远。

她走过去，拾起从他肩膀落下的那朵小花，摊在手心里，看了又看，又凑到鼻尖轻嗅。

真好啊，哪怕生活里的委屈和挫折再多，总有一些人，像这花朵一样出现，带来清淡的芳香。

5

受陆今悦"胁迫",陆辞不得不每晚送何欣然回家,高三下晚自习的时间要晚半个小时,陆今悦就拉着何欣然一起到陆辞的教室来等他。

有些住校生提前回寝室了,她们就坐在空座位上,非得拉着陆辞一起背英语单词。

陆辞刚开始不答应,他对英语打心底排斥,只想学数理化,但陆今悦拼命游说他,告诉他何欣然记英语单词很厉害,可以带着他一起背单词。

何欣然不说话,拿一双剪水清瞳望着陆辞,她抿着嘴,脸上没什么表情,但眼中分明透着害怕被拒绝的神色。

陆辞无奈了,对待女孩子,又不能吆五喝六,只好答应下来。他静下心,试着按照何欣然的方法去记单词,陆今悦也跟着凑热闹,半个小时的时间,也记了三十个单词。

这效率有点高。

晚上送何欣然回家的路上,他们又一起把这三十个单词巩固了一遍,奇怪的是,到了第二天,陆辞坐在教室里翻开英语书,发现自己竟然还记得那三十个单词。

"哥,何欣然的方法很有效吧?"当天晚自习后,陆今悦笑嘻嘻地问陆辞,"这可是我费心给你找的小老师呢,这一个月,我们每晚花一个小时,记下高中阶段所有的基础词汇,太难的以后再说,你再看看下次英语测试时的成绩如何。"

她可是时时刻刻铭记着,她肩负着二伯母的重托,要匡扶陆辞的学业，虽然只是绵薄之力，但能够帮陆辞一丁点，她都觉得很开心。

陆今悦说话时，何欣然羞红着脸低下了头。陆辞将英语书哗啦啦地翻着，不动声色。

陆今悦推他一下："行不行啊？你倒是吭一声。"

"还说什么？"他不耐烦。

"要不要按照我的计划执行？"

当然要。但是陆辞傲娇了一下，不想让陆今悦太得意，他抬起头看了她们一眼，淡淡地"嗯"了一声，算是答应了。

在教室里记半个小时单词，回家的路上再进行巩固，三个人之间几乎没有其他话题，偶尔陆今悦叽叽喳喳说话活跃气氛，何欣然沉默地跟在他们兄妹俩后面，时不时出声，纠正陆辞背错的单词。

清明过后，寒潮结束，气温开始回升，女孩子们脱去了羽绒服、厚棉裤，换上了好看的春秋装，陆今悦也穿上了大伯母特意从英国给她带回来的几条裙子，虽然有点冷，但在同学们纷纷夸赞好看的羡慕声中，爱美的她还是咬牙坚持穿着。

期中考试很快来临，考完后，陆辞的英语竟然破天荒地考了68分，总排名到了全校六百三十名。

一大群人跌破眼镜。

陆今悦得意极了，决定请最大的功臣何欣然吃顿大餐，还没付诸行动，她就悲剧地因为重感冒病倒了，请了一下午假在医院打点滴。

那天晚上，只有陆辞一个人送何欣然回家。

两个人什么话都没说，一前一后地走着，路灯拉长两人的身影，何欣然听着陆辞的脚步声，他的呼吸声，闭上眼睛，感受春日夜晚风中的和煦。

一辆电动车疾驰而过，险些撞着她，陆辞及时伸手拉了她一把，见她闭着眼，没忍住，一声暴吼："你走路还睡觉的啊，不要命了？"

何欣然睁开眼睛，瑟缩了一下，陆辞绕了个圈，走到她的另一侧，靠着马路边的位置。

昼夜苦读让他状态不太好，眼底有淡淡的青黑，看起来很疲惫。她刚刚都没注意。何欣然清清发哑的嗓子，道了声谢，犹豫片刻，问道："陆今悦感冒好些了吗？"

陆辞淡淡"嗯"一声，没有再多的话要讲。

"单词你按照我说的方法继续记，至于语法，高二和高三的知识我都没学过，就帮不了什么了。"

陆辞又"嗯"一声，双手抄在裤兜里，一声"谢谢"在唇齿间滚了滚，余光看了一眼何欣然慌张的神色，最终还是没说出来。

何欣然的心思，他早就有所察觉，也许，有时候，做一个看似冷酷无情的人，反而是一种仁慈。他的未来，只有理想抱负，就没必要给别人多余的期待了。

何欣然住的地方很快就到了，明天她家就要搬走，以后也不需要陆辞再护送她回家了。

他转身要走时，何欣然连忙叫住他，鼓起勇气道："陆辞，我知道我以前不懂事，做了很多错事，我……我跟你道歉，还有谢谢你。"

　　谢什么，她没说具体，这些年来他的暗中关照，他这一个月的护送，他给了她机会，让她教他背单词，还有，他的存在本身，就足以让她心存感激。她说完，又期期艾艾地问了一声："我以后上大学了，可以跟你去同一座城市吗？"

　　陆辞点点头，随意回了一句："可以啊，你去哪里上大学都可以。"然后他就走了，脚步利落，连看都没回头看她一眼。

　　何欣然看着他的背影，慢慢就红了眼眶。

　　她想起初次见他时的场景，他身上穿着白色的校服外套，拉链没拉，有些吊儿郎当，狂妄地冲那个试图抢劫她的坏男孩嚷了一句。

　　这一幕，在她的日记本里，在她的脑海里，珍藏了好多年，他痞气的笑容，总是懒散的神色，眼角偶尔稍扬，连睫毛垂下的弧度都好看。

　　何欣然抱着双臂蹲在地上，眼泪开始汹涌。

　　到这里，就该说再见了。她记忆中的英雄少年。

　　她会努力往前奔跑，向着更美好的天地，也许那里有他，也许没有，但没关系，他永远都在她的心里。

　　春天的最后一朵花，从枝头坠落，轻轻扬扬地飞向了远方。

6

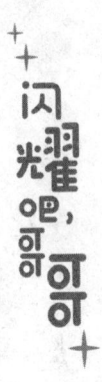

夏圆茜听说了陆今悦把陆辞借给何欣然的事情,嚷着也要预订陆今悦的另外两个哥哥。

她不喜欢看起来傲娇冷淡的陆观澜,十分雀跃地要求做会打篮球、打游戏还能打出个全国冠军的阳光少年——陆雨蒙的妹妹!

陆今悦和傅凛凛面面相觑,陆雨蒙看似阳光积极,备受欢迎,但本质上有多毒舌,只有熟悉他的人才知道。

"我完全愿意把陆雨蒙借给你当哥哥。"陆今悦狡黠一笑,又对傅凛凛说,"要不我把陆观澜借给你做哥哥?"

"算了吧!我只求他能离我远一点!"傅凛凛挥了挥手,像要把脑子里那个冰冷倨傲的陆观澜,当成一只苍蝇般挥走。

"高二马上就要分班了,我真希望能跟你们在一个班啊!"夏圆茜说完,又对着天空大声重复了一句。

从她们这一届起,虽然不用文理分科了,采取三门必修加上三门选修的形式,但还是要分班。

陆今悦也舍不得跟夏圆茜分开,只有傅凛凛闭着眼睛,像是睡着的样子,没有说话。

因为她知道,在哪个班级都是一样的,只要心中有对方,时常一起聊天玩乐,友情就一直不会过期。

后来的时间过得很快,五月简直如弹指一挥般滑走。六月炎炎夏日,高考前一天,全市高中统一放假。

陆二伯的公司在发展壮大,又有了新的合作,要去外地谈一个大订单，抽不开身，临走前跟陆辞一起吃了顿饭，他喝酒，陆辞喝饮料，父子干杯，有模有样。

二伯母特意请了几天假，准备给陆辞送考，家族群里全是给陆辞加油打气的祝福。

陆今悦也一整晚没睡着，抱着她的鳄鱼抱枕翻来覆去，隔天早上五点就醒来了，跑去厨房给陆辞准备早餐，又害怕吵醒他，动作小心翼翼，好不容易捣鼓出三张热腾腾的蛋饼。

她把陆辞叫醒，催他赶紧洗漱，他倒是丝毫不见半点儿紧张，照例在马桶上蹲了半个小时，才神色怡然地出来。

二伯母开车送他去考场，陆今悦也陪着一起去了，坐在车上一边猛打呵欠，还不忘给陆辞检查考试工具有没有带齐，又碎碎念地让他不要提前出考场，答题要仔细。

下车前，陆辞揉一揉她的头发，没好气地说："行了行了，你都快成老奶奶了，等我考完，带你回弥林镇去玩。"

"你才老奶奶呢。"陆今悦嘀咕一句，看着高高的身影很快消失在一群学生和家长中。

二伯母笑着看她："今悦，再过两年，你也要高考了，你哥哥想做警察，你对自己的未来，有什么打算没有？"

陆今悦已被这个问题困扰很久，一时答不上来，干脆说道："那我也跟哥哥一样做警察好了。"

二伯母有点意外，继而又笑了。

人群中，有个女生慌慌张张地往外跑，一边跑一边大喊："哥！你在哪儿？我忘记带2B铅笔了！"

陆今悦隔着车窗玻璃听到，都忍不住替她紧张，想着掏钱给她买一支,或者借手机给她,让她给她哥哥打个电话。

但很快,一个胖胖的男生出现在她身后,气喘吁吁地说:"我也记得你没带,刚去给你买了!别慌,好好考!"

女生破涕为笑,拿了铅笔,转身往学校里跑去。

陆今悦看着那位哥哥神情殷切地张望着妹妹的背影,忍不住笑了起来。

她想,也许每个女孩子的青春里,即使没有亲哥哥,也会出现像哥哥一样的男生,给她帮助。

就像陆辞,一直在暗中捐助何欣然。

她的视线再往远处,是湛蓝得没有一丝云线的天空。

南方夏季长,上一年,她踩着夏天的尾巴来到这个陌生的城市,住进了哥哥家里,她的十五岁里,充满了跟陆辞的嬉笑打闹,有过不愉快,但更多的是温情。

那个懒散肆意的暴躁少年,偶尔欺负弟弟妹妹,却也会在弟弟妹妹遇到危险时,第一时间出现。

他看似不羁随性,却有一颗善良柔软的心,有着坚定而远大的梦想。

有梦想的人永远无往不胜。

他一定会成为警察的。

陆今悦双手合十,祈祷哥哥能够考得理想的分数,去往他心仪的警察学院。

7

  两天高考转眼结束，陆辞犹如马放南山，约了一大群朋友整天在外面吃喝玩乐。
  看这样……是对自己的高考成绩很有自信？
  陆今悦悄悄地放了心，陆二伯和陆二伯母也对儿子很放心，跟陆今悦感慨地说，不管陆辞成绩如何，都尊重他的选择，他已经不再是以前那个任性妄为的陆辞了，他们相信他能够选择好自己的道路。
  陆今悦深以为然，重重点头。
  二伯母计划全家一起出国旅游，还带着陆今悦把护照也办了，陆今悦刚开始不好意思让二伯母破费，在征得父母的同意后，才答应办了护照和港澳台通行证。
  接下来的时间里，她开始全身心地准备即将到来的期末考试。
  这天，她上完体育课，大夏天的热出一身汗，夏圆茜她们早就回教室了，她跑去小卖部买矿泉水喝。
  到了之后发现只有冰水，没有常温的，而她刚好在生理期。
  陆今悦口渴难耐，正蔫巴巴地往回走时，一瓶水递到她面前。她抬起头来，看到一脸微笑的程悠明。
  "喝吧，不是冰的，这是我早上在外面买的，还没喝过。"
  陆今悦眨眨眼，脸颊暴红，结巴道："你……你怎么知道……"
  程悠明拧开瓶盖，将矿泉水又往她面前推了推："体育课时，我看见你没跟别人一起打球，而是坐在旁边。"

他想着太阳那么大，她肯定会口渴，于是跑回教室，到处问同学有没有还没喝过的常温矿泉水，然后以两倍价格买了过来。

实在渴得厉害，陆今悦没跟他客气，接过来，咕嘟咕嘟喝掉了一大半，才轻轻地说了声"谢谢"。

程悠明看着她，想起他们第一次打招呼，也是她想喝水，他帮她拧开瓶盖。

那天是在学校礼堂里，她被老师罚搞卫生，却没有哀怨，而是欢快地擦拭着桌椅。

她是那样的古灵精怪，偶尔又有点呆萌感，让人很难不心生好感，可是……程悠明的神情黯淡下来。

见他转身要走，陆今悦咬了咬嘴唇，脱口问了一句早就想问的话："程悠明，既然你说我们不是朋友，为什么你又要帮我？你……是不是也拜托了你姐姐帮我哥哥写报道？你这人怎么这样啊，忽冷忽热的？"

不然，光凭她说的那几句话，程悠明姐姐怎么会帮忙？明明还有很多采访对象，可程姐姐最后还是采访了陆辞。

程悠明头一偏，回头看她，笑容淡到几乎没有："陆今悦，你是个很好的女孩子，我也想要有个你这样的妹妹。"

为什么忽冷忽热，他有他的苦衷，没法对陆今悦，对任何人说出来的苦衷。

妹妹？陆今悦恼羞成怒，差点夯毛，很凶地说："我哥哥那么多，谁要做你妹妹啊！你走吧！我再也不想见到你了。"

他愣了一下，然后真的就走了。

陆今悦不知道怎的，有点委屈，又后悔自己刚刚为什么那么凶，人家也没做错什么。

她有气无力地找了个石凳坐下来，乐观地想着这样也挺好的，至少自己以后就不会再期待什么了。

之后很长一段时间，他们一直没再说过话。

即使偶尔在路上碰面，也都很有默契地转过头，假装不认识。

时间就这样悄然流逝，高考成绩出来的那一天，也是陆今悦的生日，全家人都在等着陆辞的好消息，然后准备给陆今悦庆生。

偏偏这时，传出了四叔家里着火的消息，因为插线板漏电，家里烧得黑漆漆的，家电都烧了个精光。

万幸人没事。

几家人听到消息，出门火速往四叔家里赶。

陆二伯焦急地开着车，二伯母则一路都在忙着安抚从弥林镇打来电话的奶奶，陆今悦和陆辞并排坐在后车座上。

窗外是明亮灿烂的夏日，缀在枝头的绿叶上洒满阳光。陆辞把胳膊撑在车窗上，扭头望着远处，出奇地安静。

陆今悦禁不住用手肘碰了碰他，在他望过来时，小声道："哥，恭喜你考上理想学府。"

男生的表情愣了愣，随即扯起了嘴角，棱角分明的脸上显现出几分柔和："十六岁生日快乐啊，陆小猫。"

陆今悦的表情呆滞了一瞬："陆小猫是什么？"

陆辞晃了晃脑袋，颇得意地答："陆小猫是我妹妹。"

这一刻,陆今悦多庆幸,陆辞是她的亲人。

因为是亲人,即便一生中只有百分之二十的时光交汇,两个人之间的感情羁绊也永远不会消失。

过了暑假,陆辞就要奔赴他梦想中的远方,而陆今悦,要住进刚刚出了事的四叔家里,与他们,与她的另一个哥哥共同面对生活赐予的酸甜苦辣。

这一年,她和陆辞成长了吗?

陆今悦心里浮现一个肯定的答案,而且她相信,这一年,他们给予了彼此更多走向未来的勇气。

她不会对陆辞说"谢谢",她不会与哥哥客套,她只会伸手捶他肩膀,故意龇牙咧嘴地说——

"那你是狼狗,陆狼狗。"陆今悦两手攥拳举到嘴边,做了个"咬人"的鬼脸。

然后两个人相视而笑。这或许并不是最美好的时光,但谁敢说它不够好呢?

十六岁,她来了。

未来,他们来了。

——全文终——